Este libro pertenece a:

____

365 días de WONDER

El libro de los preceptos del señor Browne

365 días de

WONDER

El libro de los preceptos del señor Browne

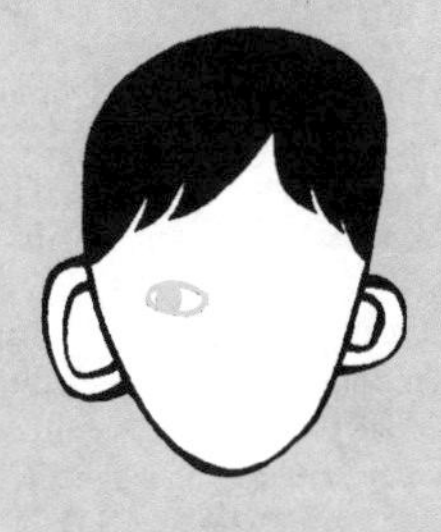

R. J. PALACIO

NUBE DE TINTA

365 días de Wonder. El libro de los preceptos del señor Browne
Título original: *365 Days of Wonder: Mr Browne's Book of Precepts*

Publicado originalmente por Alfred A. Knopf,
un sello de Random House Children's Books,
una división de Random House Inc., Nueva York.

Primera edición en España: noviembre de 2014
Primera edición en México: enero de 2015
Primera reimpresión en México: julio de 2015

www.megustaleer.com.mx

Comentarios sobre la edición y el contenido de este libro a:
megustaleer@penguinrandomhouse.com

ISBN 978-607-312-781-3

Impreso en México/*Printed in Mexico*

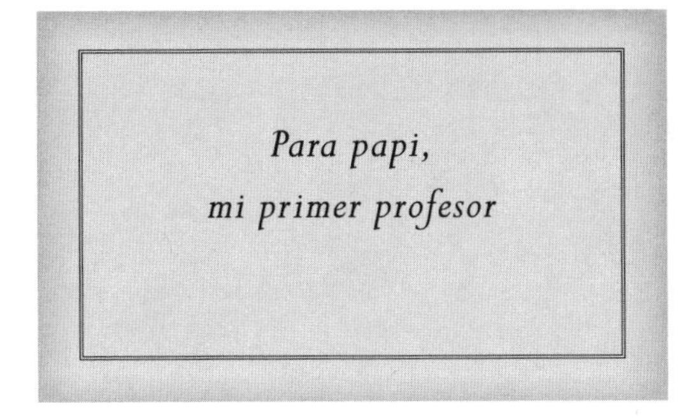

El maestro trabaja para la eternidad;
nunca sabe dónde acaba su influencia.

HENRY ADAMS

Los preceptos o máximas son de gran
importancia, y unos cuantos útiles
a mano contribuyen más a la felicidad
que volúmenes enteros que no sabemos
dónde encontrar.

Séneca

PRECEPTOS

Mi padre se llamaba Thomas Browne. Su padre también se llamaba Thomas Browne. Por eso yo me llamo Thomas Browne. Hasta que fui a la universidad no supe que existía otro Thomas Browne, mucho más ilustre, que había vivido en Inglaterra en el siglo XVII. Sir Thomas Browne fue un escritor de gran talento, estudioso del mundo natural, científico, erudito y partidario de la tolerancia en una época en que la norma era la intolerancia. En resumen: no podría haber pedido un tocayo mejor.

En la universidad fui leyendo muchas de las obras de sir Thomas Browne, entre ellas *Sobre errores vulgares*, un libro que pretendía desacreditar algunas creencias falsas muy extendidas en su época, y *La religión de un médico*, una obra que planteaba unas cuantas preguntas sobre la religión consideradas muy poco ortodoxas en aquel tiempo. Mientras leía esta última me encontré con esta frase maravillosa:

Albergamos en nuestro interior las maravillas
que buscamos a nuestro alrededor.

Por algún motivo, la belleza y la fuerza de esa frase me dejaron helado. Quizás era justo lo que necesitaba oír en aquel momento de mi vida, un momento en que me atormentaba la duda de si la profesión que había elegido —la enseñanza— era lo bastante maravillosa para hacerme feliz. Escribí aquella frase en un papelito y lo pegué en la pared, donde permaneció hasta que acabé la carrera. También me acompañó al posgrado. Lo llevé en la cartera mientras viajaba con el Cuerpo de Paz. Cuando me casé, mi mujer lo hizo enmarcar y ahora cuelga en el vestíbulo de nuestro departamento del Bronx.

Fue el primero de muchos preceptos en mi vida, que empecé a recopilar en un álbum de recortes. Frases de libros que he leído. Galletas de la suerte. Tarjetas de Hallmark con frases inspiradoras. Si hasta escribí «Just Do It!» (¡Hazlo!), el eslogan de Nike, porque pensé que era perfecto para mí. Al fin y al cabo, la inspiración puede venir de cualquier sitio.

La primera vez que introduje los preceptos en mis clases aún era profesor en prácticas. Me estaba costando mucho que mis alumnos se interesaran por las composiciones —creo que les había pedido que escribieran cien palabras sobre algo que fuera importante para ellos—, así que me llevé la cita enmarcada de Thomas Browne para mostrarles algo muy importante para mí. Al final acabó interesándoles mucho más el significado de la cita que el impacto que había tenido en mí, así que les pedí que escribieran sobre eso. Me quedé asombrado con lo que se les ocurrió.

Desde entonces utilizo los preceptos en clase. Según el diccionario, un precepto es «una instrucción o regla que se da o establece para el conocimiento o manejo de un arte o facultad». Para mis alumnos siempre lo he definido en términos más sencillos: los preceptos son «palabras que seguir en la vida». Muy sencillo. El primer día del mes escribo un nuevo precepto en el pizarrón, ellos lo copian y luego hablamos de él. A final del mes escriben una composición sobre ese precepto. Cuando acaba el curso les doy mi dirección y les pido que durante el verano me envíen una postal con un nuevo precepto, que puede ser una cita de alguien famoso o un precepto que hayan inventado ellos. El primer año que lo hice me pregunté si recibiría algún precepto. Me quedé de piedra al ver que, al final del verano, todos los alumnos de todos mis grupos me habían enviado uno. Imagínense mi asombro cuando, al año siguiente, volvió a suceder lo mismo. Pero en esa ocasión no sólo recibí postales de mi grupo de ese año, también unas cuantas del grupo del año anterior.

Llevo diez años dando clases. Al día de hoy he recibido unos dos mil preceptos. Cuando llegó a sus oídos, el señor Traseronian, el director de la secundaria Beecher, me propuso que los reuniera y los convirtiera en un libro que pudiera compartir con todo el mundo.

La idea me despertaba una gran curiosidad, pero ¿por dónde empezar? ¿Cómo elegir los preceptos que debía incluir? Decidí centrarme en los temas con los que más se identificaban los chicos: la bondad, la fuerza de carácter, la superación de la adversidad o simplemente hacer el bien en el mundo. Me gustan los preceptos edificantes. Confío en que el lector de este libro decida iniciar algunos días con una de estas «palabras que seguir en la vida».

Estoy muy contento de poder compartir mis preceptos favoritos con todo el mundo. Muchos los he ido recopilando a lo largo de los años. Otros me los han enviado mis alumnos. Todos significan mucho para mí. Ojalá puedan decir lo mismo.

Señor Browne

Enséñale lo que se ha dicho en el pasado;

entonces él dará buen ejemplo

a los niños... Nadie nace sabio.

Las máximas de Ptahhotep,

2200 a. C.

ENERO

Albergamos
en nuestro
interior
las maravillas
que buscamos
a nuestro
alrededor.

Sir Thomas Browne

Los dos días
más importantes
de tu vida son el día
que naces y el día
que descubres
por qué.

MARK TWAIN

En la vida del hombre
hay tres cosas importantes:
la primera es ser
amable, la segunda
es ser amable, y la tercera
es ser amable.

HENRY JAMES

Ningún
hombre
es una isla,
completo por
sí mismo.

John Donne

Poder echar la vista atrás
y ver la vida propia
con satisfacción es vivir
dos veces.

Jalil Gibran

Si el viento
no sopla,
toma los remos.

Proverbio latino

Por larga
que sea la
noche...
... siempre acaba
saliendo
el sol.

Proverbio africano

Sabio es el que
conoce a los demás.
Iluminado,
el que se conoce
a sí mismo.

Lao Tsé

¿Alguien
te ha
mostrado
bondad?
Transmítela.

Henry Burton

No hay pájaro que vuele
demasiado alto si vuela
con sus propias alas.

William Blake

Lo milagroso
no es volar
por el aire
ni caminar
por encima
del agua,
sino andar
por la tierra.

Proverbio chino

Lo vergonzoso no es no saber, sino no molestarse en averiguar.

Proverbio asirio

Sé fiel
a ti
mismo.

William Shakespeare

Ningún acto
de bondad,
por pequeño
que sea,
es en vano.

Esopo

Sé tú mismo,
todos los demás
ya están ocupados.

Oscar Wilde

Dondequiera que
haya un ser humano
existe la posibilidad
de hacer el bien.

SÉNECA

Conócete
a ti mismo.

Inscripción en el Oráculo de Delfos

La risa
es el sol
que ahuyenta
el invierno
del rostro
humano.

Victor Hugo

Sé quien
quieras ser,
no lo
que los
demás
quieren ver.

Anónimo

La ignorancia
no es decir: «No lo sé».
La ignorancia es decir:
«No quiero saberlo».

Anónimo

LAS VIRTUDES DEL ARENERO

Un secreto, chicos: sus padres pasan mucho tiempo enseñándoles a ser educados cuando son pequeños porque, está comprobado científicamente, el mundo trata mejor a la gente educada. «Que no se te olvide pedir las cosas por favor», les decimos. «Pórtate bien. Da las gracias.» Se trata de virtudes elementales. Las enseñamos porque hay que enseñarlas. Además, queremos que caigan bien a los demás.

Sin embargo, para cuando llegan a secundaria, nuestras prioridades parecen haber cambiado. «Esfuérzate en la escuela. Triunfa. Estudia más. ¿Ya has acabado la tarea?» Parece que siempre los estamos machacando con lo mismo. En algún momento dejamos de hacer hincapié en esas virtudes elementales. Quizá sea porque damos por hecho que a estas alturas ya las han aprendido. O quizá porque queremos que aprendan otras muchas cosas. O quizá, sólo quizá, porque hay una ley no escrita sobre los chicos de secundaria: no es fácil ser agradable. Aunque el mundo prefiera a los niños educados, hay otros alumnos de secundaria que no parecen valorarlo tanto. Los padres tenemos tantas ganas de que pasen cuanto antes esos años de *El señor de las moscas* que a menudo nos hacemos de la vista gorda ante algunas de esas cosas desagradables que se consideran normales.

Yo, personalmente, no me creo eso de que todos los chicos pasan por una «mala fase». Es más, me parece una mentira. Por no hablar de lo insultante que resulta para ellos. Cuando hablo con algunos padres que me dicen, para justificar algo malo que han hecho sus hijos: «¿Qué quiere que haga? Son cosas de niños», tengo que contenerme para no tirarles una pulsera de la amistad a la cabeza.

Verán: con el debido respeto, creo que no siempre están preparados para entender las cosas ustedes solos. A veces aflora una maldad innecesaria cuando intentan decidir quién quieren ser, quiénes son sus amigos y quiénes no. Últimamente, los adultos pasan mucho tiempo hablando del acoso escolar, pero el verdadero problema no es tan evidente como que un chico le tire a otro un refresco a la cara. Es el aislamiento social. Son las bromas crueles. Es la manera que tienen de tratarse los unos a los otros. He visto con mis propios ojos a unos antiguos amigos volverse el uno contra el otro: parece que a veces no les basta con seguir caminos diferentes y tienen que aislar a sus antiguos amigos para demostrarles a los nuevos que ya no son amigos. Esos comportamientos no me parecen aceptables. Ok, no tienen por qué seguir siendo amigos, pero no hace falta ser desagradable. Sean respetuosos. ¿Acaso es mucho pedir?

No. Creo que no.

Todos los días a las 15:10 mis alumnos de quinto salen de Beecher cuando terminan las clases. Unos cuantos, los que viven más cerca, vuelven andando a casa. Otros toman el autobús o el metro. Sin embargo, a muchos los recogen sus padres o las personas que están a cargo de ustedes. La cuestión es que, de un modo u otro, casi ningún padre permite que sus hijos deambulen por las calles sin que ellos sepan dónde están, con quién están y qué están haciendo. ¿Por qué?

¡Porque siguen siendo unos niños! Del mismo modo, ¿por qué deberíamos dejarlos deambular por el territorio inexplorado de la educación secundaria sin guiarlos un poco? Todos los días tienen que enfrentar numerosas situaciones sociales: la política del comedor, la presión de sus compañeros, la relación con los profesores... Algunos lo hacen muy bien solos, claro que sí, pero a otros —seamos sinceros— no se les da tan bien. Algunos siguen necesitando un poco de ayuda para resolver algunas situaciones.

Chicos, no se enojen con nosotros si intentamos ayudarlos. Tengan paciencia. Cuando eres padre, no es fácil encontrar el equilibrio entre intervenir demasiado e intervenir muy poco. Intenten aguantarnos, sólo queremos ayudarlos. Cuando les recordamos aquellas antiguas virtudes elementales que les enseñábamos cuando eran pequeños y aún jugaban en el arenero, es porque «portarse bien» es algo que hay que seguir haciendo en secundaria. Es algo que tienen que recordar a diario mientras recorren los pasillos del colegio de camino a la edad adulta.

Detrás de todo esto hay una gran verdad: en su interior se esconde una gran nobleza. Nuestro trabajo como padres, educadores y maestros es cultivarla, hacerla salir y dejar que brille.

Señor Browne

FEBRERO

Es mejor
conocer
algunas
preguntas
que todas
las respuestas.

James Thurber

Espero pasar por este
mundo sólo una vez.
Por lo tanto, cualquier
bien que pueda hacer
o cualquier bondad
que pueda demostrarle
a cualquier criatura
tendrá que ser ahora.
Que nadie me permita
una distracción o un
descuido, porque jamás
volveré a pasar por aquí.

Stephen Grellet

La felicidad suprema
en la vida es tener
la convicción de
que nos quieren.

Victor Hugo

Ama un poco más cada día.

MADISON

Si sigues tu
estrella, no
puedes dejar
de llegar a un
glorioso puerto.

Dante Alighieri

Rebecca

La mejor parte de la vida

de un hombre bueno

son sus pequeños, anónimos

y olvidados actos de bondad

y de amor.

WILLIAM WORDSWORTH

El hombre no
puede aprender
nada a menos
que vaya de
lo conocido
a lo desconocido.

CLAUDE BERNARD

Si alguna vez
te sientes perdido
deja que tu
corazón
sea tu brújula.

EMILY

No sigas
la corriente,
atrévete
con los
rápidos.

Isabelle

Denme un punto
de apoyo
y moveré
el mundo.

ARQUÍMEDES

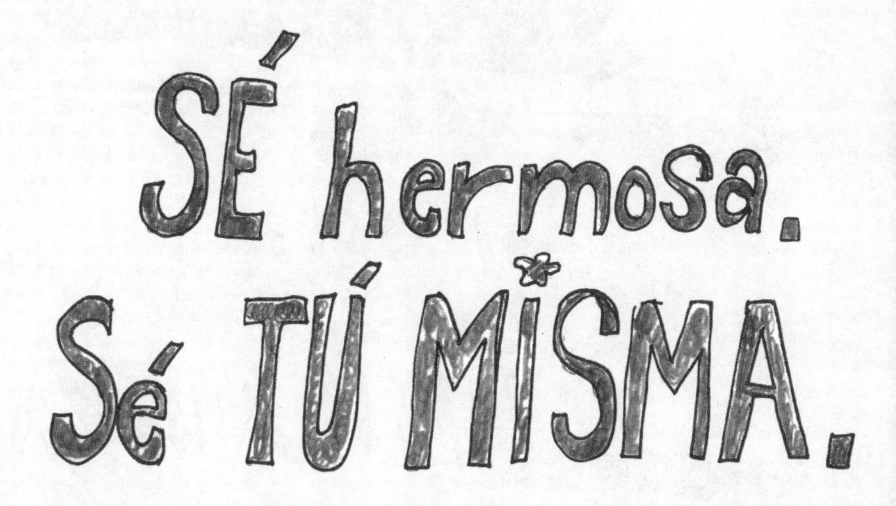

LINDSAY

nace UNA NUEVA
ESPERANZA...

JACK

Lo más importante
es emocionarse,
amar, esperar,
temblar, vivir.

Auguste Rodin

Hagas
lo que hagas,
hazlo bien.

Abraham Lincoln

Lo más importante
no es lo que
te sucede, sino
cómo reaccionas.

Epícteto

El esfuerzo
gana al talento
cuando
el talento no se
esfuerza ☺.

SHREYA

Mantén un árbol verde en el corazón
y quizás un pájaro venga a cantarte.

PROVERBIO CHINO

EL MES MÁS LARGO DEL AÑO

En esta época del año me gusta incluir un precepto sobre la exploración. ¿Por qué en esta época? Porque, aunque febrero es el mes más corto, también es el periodo más largo sin vacaciones a la vista (aparte del día del Presidente). En enero los alumnos vuelven a clases después de las vacaciones de Navidad. Una vez que dejan atrás el subidón de los regalos y la emoción de las primeras nevadas, el 31 de enero lo comprenden horrorizados: «¡No tendremos más vacaciones hasta la primavera!». ¡Argh! De ahí el bajón de febrero.

Siempre me ha parecido que a los alumnos les ayuda pensar en fronteras inexploradas, ya sean fronteras de la imaginación o fronteras geográficas. Estas últimas encajan muy bien con lo que solemos dar en clase de historia por esas fechas (exploramos la antigua China o la antigua Grecia, según quién sea su profesor de historia), y las primeras son una transición estupenda para mis clases de escritura creativa.

Hace poco utilicé el precepto de James Thurber «Es mejor conocer algunas preguntas que todas las respuestas» y un alumno llamado Jack Will me entregó una composición muy interesante.

Este precepto me gusta mucho. Me hace pensar en todas las cosas que no sé y que quizá nunca llegue a saber. Me paso mucho tiempo haciéndome preguntas. Algunas son muy tontas, como por ejemplo: ¿por qué huele tan mal la caca? ¿Por qué los seres humanos no tienen tantas formas y tamaños como las razas de perro? (A ver, un mastín es diez veces más grande que un chihuahua, ¿por qué no hay humanos que midan veinte metros?) Aunque también me hago preguntas importantes, como por ejemplo: ¿por qué tienen que morir las personas? ¿Por qué no podemos imprimir más dinero y dárselo a la gente que no tiene suficiente? Cosas así.

La pregunta más importante que he estado haciéndome este año ha sido: ¿por qué tenemos el aspecto que tenemos? ¿Por qué tengo un amigo que es «normal» y otro que no? Creo que a estas preguntas nunca les encontraré respuesta, pero hacerme esas preguntas ha hecho que me haga otra: ¿qué es «normal»?

Lo busqué en el diccionario y esto es lo que decía:

> **normal** (adjetivo): Que se ajusta a un modelo; habitual, típico o esperado.

Y pensé: «¿Que se ajusta a un modelo? ¿"Habitual"? ¿"Típico"? ¿"Esperado"? ¡Uf! ¿Quién demonios quiere ser "típico"? Qué horrible, ¿no?».

Por eso me gusta tanto este precepto, ¡porque es verdad! Es mejor hacerse algunas preguntas alucinantes que conocer un montón de respuestas a cosas muy tontas. Por ejemplo, ¿a quién le importa a qué equivale X en una estúpida ecuación? ¡Bah! Esas respuestas dan igual. Pero la pregunta «¿Qué es normal?» sí es importante. Es importante porque nunca va a tener una respuesta correcta. Ni tampoco una respuesta incorrecta. ¡La pregunta es lo único importante!

Por eso me gusta tanto utilizar los preceptos en clase. Los lanzas y nunca sabes lo que vas a recoger, lo que va a tocarle la fibra sensible a un chico, o lo que va a hacer que se planteen más las cosas, o se hagan preguntas más importantes que si se limitaran a contestar una pregunta de un libro. Ésa es una de las cosas que más me gustan de los preceptos: suelen expresar sentimientos sobre problemas a los que el ser humano ha estado enfrentándose desde el origen de los tiempos. ¡Me encanta que mis alumnos de quinto se vean obligados a hacer lo mismo!

Señor Browne

MARZO

En cuanto confíes en ti mismo,
aprenderás a vivir.

JOHANN WOLFGANG VON GOETHE

Las palabras amables
no dejan tanta huella
en los hombres
como la fama
de bondadoso.

MENCIO

Aquellos
a quienes
acompañan
pensamientos
nobles nunca
están solos.

Sir Philip Sidney

Cuando se te acabe
la cuerda, haz un nudo
y agárrate bien.

Thomas Jefferson

Las palabras
amables cuestan
poco
y consiguen
mucho.

Blaise Pascal

Sé la persona
capaz de
sonreír
el peor día.

CATE

Para mí, cada hora
de luz y oscuridad
es un milagro,
cada centímetro cúbico
de espacio es un milagro.

WALT WHITMAN

¡Descendí como un ángel!

Thomas Traherne

El paraíso
terrenal
está donde
estoy yo.

Voltaire

En este mundo, hay que ser
demasiado bueno para
ser lo bastante bueno.

PIERRE CARLET DE CHAMBLAIN DE MARIVAUX

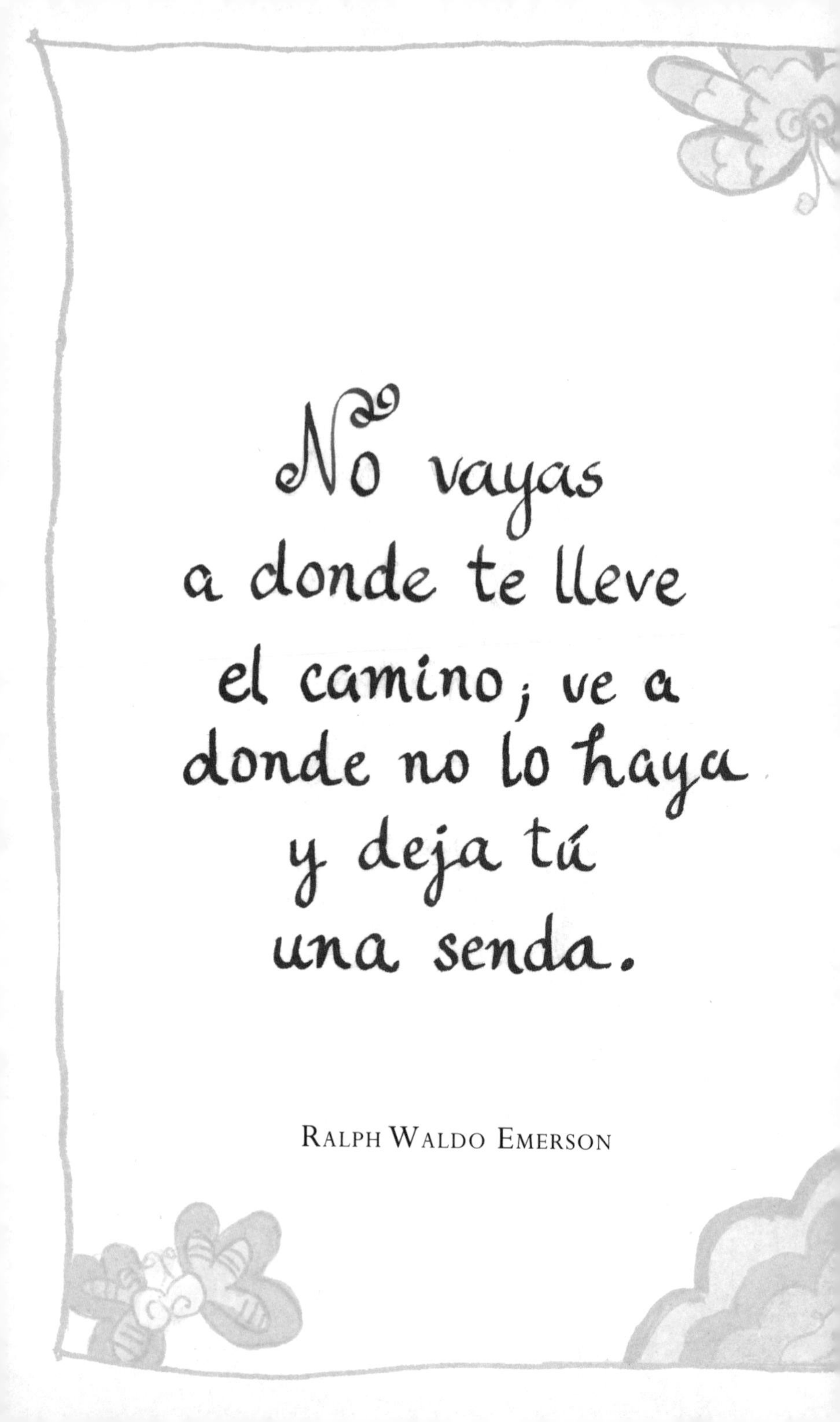

No vayas
a donde te lleve
el camino; ve a
donde no lo haya
y deja tú
una senda.

Ralph Waldo Emerson

Las buenas acciones
son las bisagras invisibles
de las puertas del cielo.

Victor Hugo

Haz siempre el bien.
Así complacerás a algunos
y asombrarás a los demás.

Mark Twain

Lo único que sabemos del amor
es que el amor es lo único que hay.

EMILY DICKINSON

Saber lo que
sabes y lo que no
sabes, eso es
verdadera
sabiduría.

Confucio

A un árbol se le conoce
por sus frutos;
a un hombre, por sus
actos. Una buena acción
nunca se pierde; quien
siembra cortesía
recoge amistad, y quien
planta amabilidad
cosecha amor.

SAN BASILIO

La esperanza
Es como el sol:
cuando se esconde detrás de las nubes,
no ha desaparecido.
¡Sólo tienes que
encontrarla!

MATTHEW

Hacerlo
lo mejor que
puedes
te lleva
Tiempo.

Thomas

¡Tenemos que osar, volver a osar y seguir osando!

Georges Jacques Danton

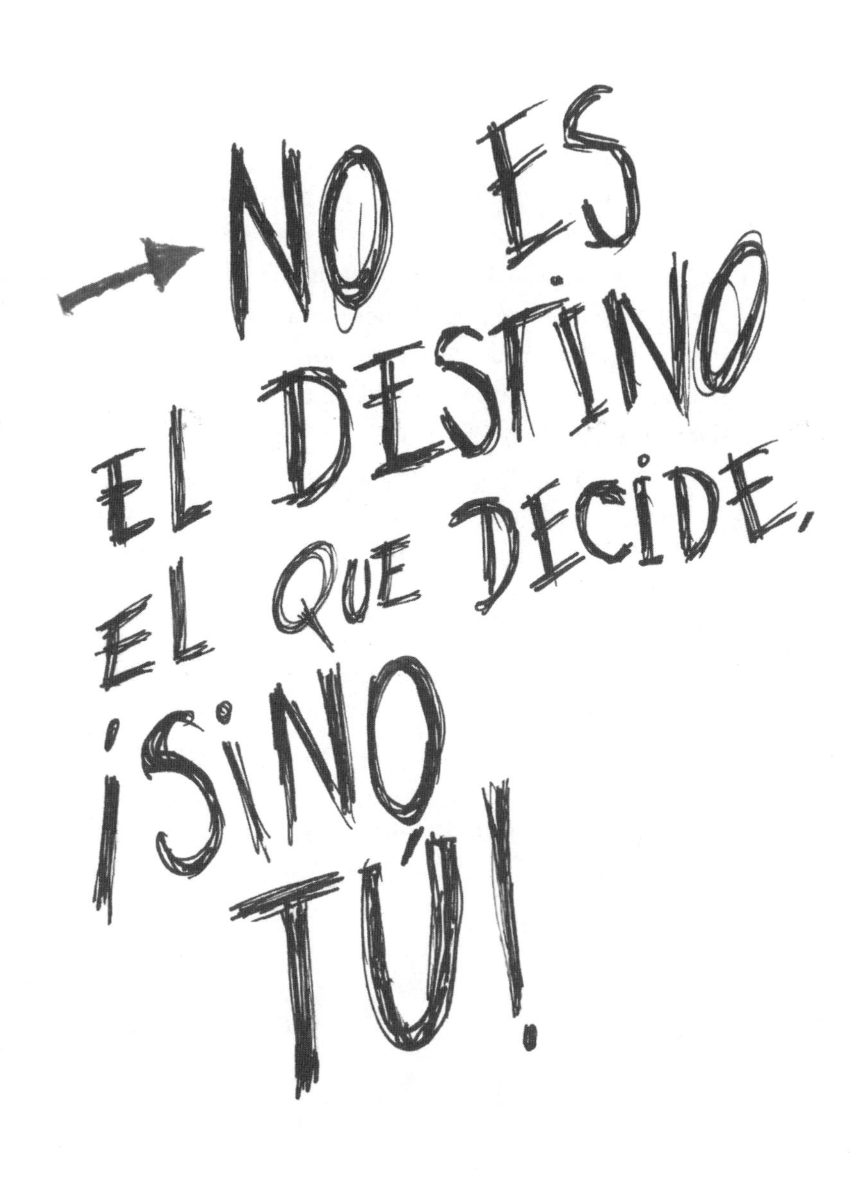

Dominic

UNA CUCHARADA DE BONDAD

Cuando mi hijo Tommy tenía tres años, mi mujer, Lilly, y yo lo llevamos a la revisión médica anual y el pediatra nos preguntó cuáles eran sus hábitos alimenticios.

«Pues ahora está pasando por esa fase en la que sólo le gustan el pollo empanizado y los hidratos de carbono, así que por ahora hemos renunciado a intentar que coma verduras. Cada noche nos toca pelearnos con él», confesamos.

El pediatra asintió, sonrió y nos dijo: «No pueden obligarlo a que se coma las verduras, pero su obligación es asegurarse de que están en el plato. No puede comérselas si ni siquiera están en el plato».

En todos estos años le he dado muchas vueltas a ese tema. Me lo planteo cuando doy clase. Mis alumnos no pueden aprender lo que yo no les enseño. La bondad. La empatía. La compasión. Ya sé que todo eso no aparece en el plan de estudios, pero aun así tengo que servírselos en el plato todos los días. Quizá se lo coman, quizá no. En cualquier caso, mi obligación es ofrecérselos. Con suerte, un bocado de bondad puede hacer que el día de mañana les guste probarla de verdad.

SEÑOR BROWNE

ABRIL

Lo que es
hermoso
es bueno,
y quien
es bueno
pronto será
hermoso.

Safo

Siempre
es de día
en algún lugar
del mundo.

Richard Henry Hengist Horne

A decir verdad,
el conocimiento es el gran sol
en el firmamento. La vida
y la energía se dispersan
con todos sus rayos.

DANIEL WEBSTER

No hay nada que haga nuestras vidas, o las vidas de otras personas, más hermosas que la bondad eterna.

Lev Tolstói

Puedes hacer cualquier cosa que te propongas. Sólo tienes que

ELLA

Los superhéroes se hacen, pero los héroes nacen.

Antonio

¿Acaso
hay mayor
sabiduría que
la bondad?

JEAN-JACQUES ROUSSEAU

El hombre que mueve una montaña debe empezar moviendo rocas pequeñas.

Proverbio chino

La Vida es como una montaña rusa...

...con todos sus altibajos.

KYLER

Delaney

Sé el cambio que quieres ver en el mundo.

Mahatma Gandhi

La vida sólo se entiende
mirando hacia atrás,
pero hay que vivirla mirando
hacia adelante.

Søren Kierkegaard

El cielo está bajo nuestros pies así como sobre nuestras cabezas.

Henry David Thoreau

Sé noble, y la nobleza que se esconde
en otros hombres, dormida pero
nunca muerta, se alzará majestuosa
al encuentro de la tuya.

James Russell Lowell

El primer hombre que se comió una ostra fue un valiente.

Jonathan Swift

Un solo rayo de sol basta para ahuyentar muchas sombras.

San Francisco de Asís

De las misiones
en la vida,
sólo una
parece valer
la pena:
hacer el bien
a los demás.

Gamaliel Bailey

La más pequeña
de las buenas
acciones es mejor
que la más elevada
de las intenciones.

Anónimo

No me dan miedo
las tormentas,
porque estoy
aprendiendo
a navegar.

Louisa May Alcott

Para cada uno,
lo suyo es lo bonito.

Proverbio latino

JUEGA CON LAS FICHAS QUE TE HAN TOCADO

Mis abuelos eran unos apasionados del Scrabble. Jugaban todas las noches, con o sin compañía, en el mismo tablero de Scrabble que habían tenido durante más de cincuenta años. Sus partidas eran extraordinarias, porque los dos eran unos jugadores increíbles. Curiosamente, mi abuelo, conocido en la familia por ser el «intelectual», casi siempre perdía. No es que mi abuela no fuera tan lista como mi abuelo, por cierto, lo que pasa es que él era quien había hecho una carrera en Columbia mientras la abuela se quedaba en casa criando a mi madre y a sus hermanas. El abuelo era abogado y la abuela era ama de casa. El abuelo tenía una biblioteca llena de libros y a la abuela le gustaba hacer crucigramas. El abuelo no soportaba perder, y la abuela le dio una buena tunda en nueve de cada diez partidas durante más de cincuenta años.

Un día le pregunté a mi abuela cuál era su fórmula secreta para ganar, y me dijo:

—Muy sencillo. Jugar con las fichas que te han tocado.

—Ok, abuela, ¿podrías concretar un poco más? —contesté.

—Por eso le gano siempre a tu abuelo. Él se guarda las fichas. Cuando le tocan buenas letras, las guarda y se espera a poder usarlas en un triple tanto de palabra. Si es necesario, deja pasar un turno para intentar hacer una palabra de siete letras y llevarse los cincuenta puntos adicionales. O cambia las letras a ver si así le tocan mejores. ¡Así no se juega!

—Es su estrategia —dije, intentando defenderlo.

La abuela hizo un gesto desdeñoso con la mano.

—Yo me limito a jugar con mis fichas, con las que me han tocado. Me da igual que las letras sean buenas o que sean malas. Me da igual usarlas en un triple tanto de palabra. Juego con las fichas que me han tocado, sean las que sean, e intento sacarles el mayor provecho. Por eso le gano siempre al abuelo.

—¿Y él lo sabe? —pregunté—. ¿Nunca has compartido tu secreto con él?

—¿Qué secreto? Me ha visto jugar cada noche desde hace cincuenta años. ¿Tú crees que mi manera de jugar es un secreto? ¡Juega con las fichas que te han tocado! Ése es mi secreto.

—Abuelo —le dije después a él—. La abuela me ha dicho que siempre gana en Scrabble porque ella juega con las fichas que le han tocado y tú te guardas las tuyas. ¿Nunca has pensado en cambiar de estilo de juego? ¡A lo mejor ganarías más veces!

—Ésa es la diferencia entre tu abuela y yo —contestó dándome golpecitos en el pecho con el dedo—. Yo quiero ganar, pero sólo si puedo ganar de una manera bonita. Con palabras largas, palabras que nadie haya oído nunca. Así soy yo. A tu abuela le da igual ganar con unas cuantas aes y oes. Ya conoces el dicho: *Suum cuique pulchrum est.* «Para cada uno, lo suyo es lo bonito.»

—¡Puede ser, abuelo, pero la abuela te da una buena tunda!

Mi abuelo se echó a reír.

—*Suum cuique pulchrum est.*

Señor Browne

MAYO

Juega con las fichas que te han tocado.

La abuela Nelly

Haz todo el bien que puedas,
por todos los medios
que puedas, de todas las
maneras que puedas, en todos
los lugares que puedas,
a todas las horas que puedas,
a toda la gente que puedas,
siempre que puedas.

JOHN WESLEY

Un gran hombre no piensa de
antemano si sus palabras serán
sinceras ni si sus actos serán firmes:
se limita a hablar y a hacer
lo que está bien.

MENCIO

Dondequiera
que estés,
son tus amigos
los que
constituyen
tu mundo.

William James

Hasta el perro
más valiente
puede tener
miedo de la
aspiradora.

Anna

Amamos las
cosas que
amamos
por lo
que son.

Robert Frost

EL universo es tal como TÚ lo pintas.

RORY

El alma ayuda al cuerpo y,
en determinados momentos,
lo levanta. Es el único pájaro
que soporta su propia jaula

Victor Hugo

El mundo es bueno
con las personas buenas.

William Makepeace Thackeray

Sé amable,
porque cada
persona con
la que te
cruzas está
librando una
dura batalla.

IAN MACLAREN

Persigue tus sueños.
Quizás el viaje sea largo,
pero tienes el camino
justo adelante
de ti.

GRACE

Un simple acto de bondad echa
raíces en todas direcciones,
y las raíces se extienden
y de ellas brotan nuevos árboles.

PADRE FABER

Aunque recorramos
el mundo entero en
busca de la belleza,
si no la llevamos en
nuestro interior no
la encontraremos.

RALPH WALDO EMERSON

Al amanecer, la brisa tiene
secretos que contarte.
No vuelvas a dormirte.

RUMI

SI EL PLAN "A" NO FUNCIONA, RECUERDA QUE EL ABECEDARIO TIENE 26 LETRAS MÁS.

Anónimo

El mundo no sabe
cuánto le debe a la
amabilidad, que tanto
abunda en todas partes.

J. R. MILLER,
The Beauty of Kindness

Las cosas más hermosas
del mundo no pueden
verse ni tocarse.
Hay que sentirlas
con el corazón.

HELEN KELLER

Naciste
original.
No te
conviertas
en una
copia.

Dustin

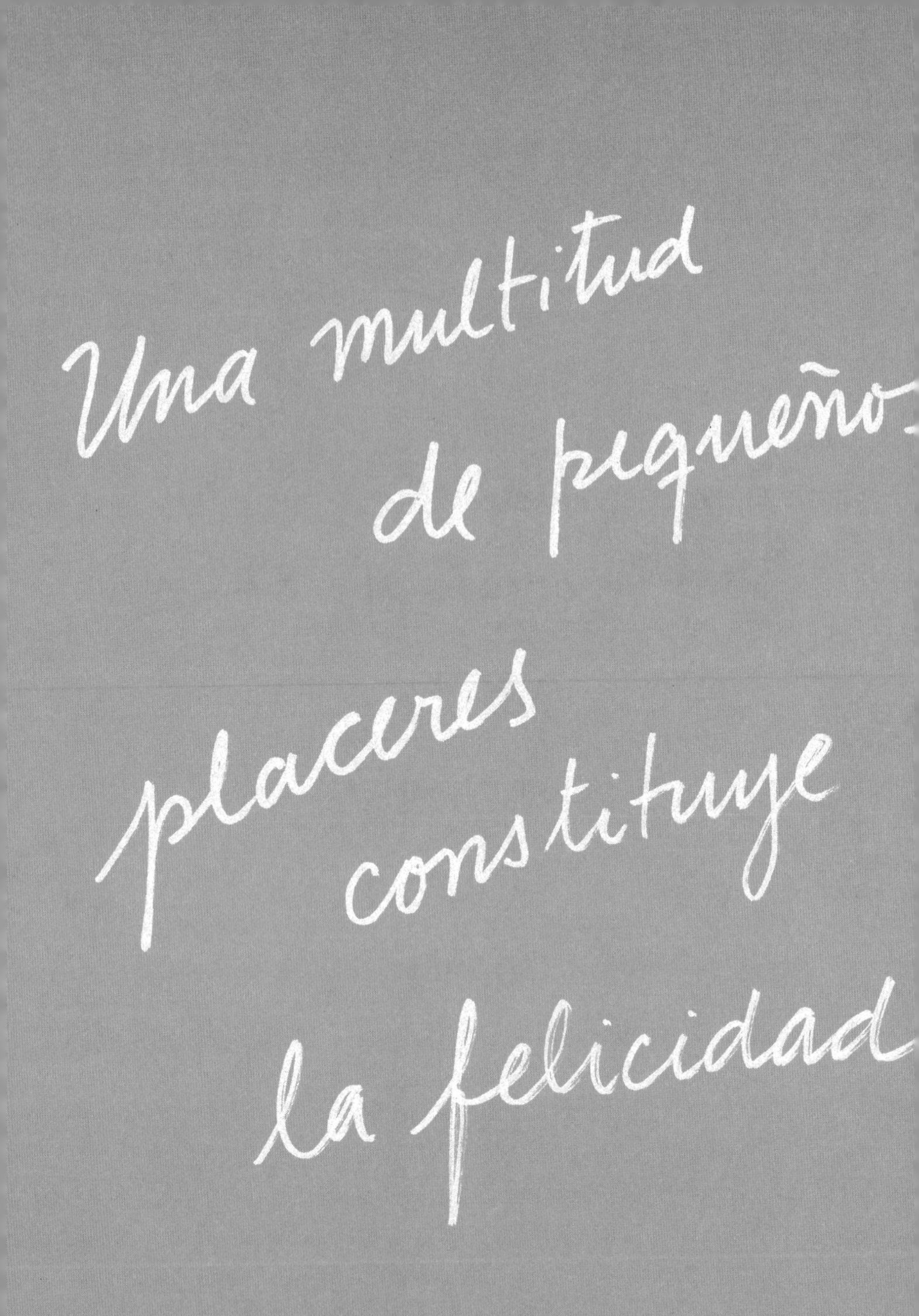
Una multitud
de pequeños
placeres
constituye
la felicidad
Charles Baudelaire

QUEDA CONSTANCIA DE SUS ACTOS

De vez en cuando tengo que recordarle a mis alumnos que no son invisibles. «¡Te veo: estás poniendo los ojos en blanco!», les digo. A ellos les parece gracioso... casi siempre. Y lo es... casi siempre. Pero la otra noche pasó algo que me recordó lo fácilmente que olvidan los chicos que siempre queda constancia de sus actos.

Había asistido a la obra que habían preparado los últimos grados de Beecher y me senté junto a la madre de una de mis antiguas alumnas, a quien llamaré Briana. Era una chica dulce y lista que había tenido algunos problemas con un grupo de chicas muy desagradables en el colegio. Briana era tímida y un poco torpe, así que me llevé una sorpresa cuando su madre me dijo que le habían dado el papel principal de la obra. Su madre estaba muy orgullosa. Me dijo que su hija había salido del cascarón en secundaria, sobre todo gracias al reconocimiento que había obtenido por su talento como cantante y actriz.

Cuando empezó la obra, en cuanto Briana salió al escenario entendí lo que había querido decir su madre. No había ni rastro de la niña torpe a la que recordaba de quinto, que se había transformado en una actriz segura de sí misma a la que alguien podría haber confundido con una jovencita Nicole Kidman. «¡Cuánto me alegro, Briana!», pensé. Pero en cuanto comenzó a cantar la primera estrofa vi, sentadas un par de filas por delante de nosotros, a aquellas tres chicas que se burlaban de ella en el colegio. Ninguna iba ya a nuestro centro (no las habían aceptado en secundaria debido en parte al firme compromiso antiacoso del que hacemos gala en el centro). Las chicas comenzaron a reírse en cuanto Briana salió al escenario y se pusieron a cuchichear tapándose la boca con la mano. Estoy seguro de que no pensaban que nadie fuera a darse cuenta, pero con el rabillo del ojo vi que la madre de Briana lo estaba viendo todo igual que yo. No sabría describir la cara que puso. Fue descorazonador.

Esperé a que Briana terminara su solo. En cuanto el público se puso a aplaudir, me incliné por encima del asiento que tenía delante y le di un golpecito en el hombro a una de las chicas. Se dio media vuelta y sonrió al ver que era yo, pero entonces me vio la cara al articular la palabra «¡Silencio!» para que me leyera los labios. Las otras chicas también lo vieron.

Creo que la impresión de ver al apacible señor Browne, su antiguo profesor de lengua, tan enojado y utilizando un tono que nunca había empleado con ellas, tuvo el efecto deseado. Durante el intermedio, desaparecieron rápidamente y no volvieron para el segundo acto.

Cuando acabó la obra, casi me había olvidado de aquellas chicas idiotas en medio de aquel aplauso atronador. Me giré hacia la madre de Briana para darle la enhorabuena por la maravillosa actuación de su hija. Estaba sonriendo, pero se le habían saltado las lágrimas. No sé si eran lágrimas de orgullo o si había un poso de amargura por el hecho de que aquellas chicas le hubieran estropeado lo que para ella debería haber sido una noche feliz. Lo único que sé es que el comportamiento desconsiderado de aquellas chicas cambió para siempre el recuerdo que conservo de ellas. Estoy seguro de que no tenían intención de que las viera la madre de Briana, pero eso no importa. Siempre queda constancia de sus actos, chicos. Y siempre queda el recuerdo.

SEÑOR BROWNE

Junio

La bondad
siempre
engendra
bondad.

Sófocles

Los ideales son como las estrellas; nunca alcanzarás a tocarlos con las manos. Pero, igual que al marino en el desierto de agua, pueden servirte de guía y, siguiéndolos, llegarás a tu destino.

Carl Schurz

La amabilidad
es un lenguaje
que los
sordos oyen
y los ciegos
ven.

Mark Twain

¿Tan insignificante es
haber gozado del sol,
haber vivido la luz de la
primavera, haber amado,
haber pensado, haber
hecho, haber conocido a
amigos de verdad y vencido
a difíciles enemigos?

Matthew Arnold

Sólo puedes ser dueño
de tus actos.

Flynn

Ama la vida
y ella te amará
a ti.

Madeline

La mayor felicidad para un hombre es ser quien es.

Erasmo de Rotterdam

Una sola conversación de
sobremesa con un hombre
sabio vale tanto como un
mes estudiando libros.

Proverbio chino

¿He hecho algo
desinteresadamente?
Entonces ya tengo
mi recompensa.

Marco Aurelio

Hacer un millón de amigos
no es un milagro. El milagro
es hacer que un amigo
esté a tu lado cuando tienes
a millones en contra.

Anónimo

Eres libre de tomar tus propias decisiones, pero nunca podrás librarte de las CONSECUENCIAS de tus decisiones.

Srishti

La única persona
en la que estás
destinado
a convertirte
es la persona
que decidas ser.

Ralph Waldo Emerson

Uno de los secretos de la vida es que lo que realmente vale la pena hacer es lo que hacemos por los demás.

LEWIS CARROLL

Sopla el viento.
¡Adora al viento!

Pitágoras

Sé humilde, pues estás
hecho de tierra. Sé noble,
pues estás hecho
de estrellas.

Proverbio serbio

Se llevan a cabo muchas grandes hazañas en las pequeñas luchas de la vida.

Victor Hugo

Cáete siete veces.
Levántate ocho.

Proverbio japonés

La mano que regala flores
conserva parte del perfume.

Proverbio chino

¡SOMOS POLVO DE ESTRELLAS!

Tengo que reconocerlo: me encanta recibir postales con preceptos en verano. Algunos llegan en postales de verdad, y otros forman parte de cartas más largas, como ésta:

Estimado señor Browne:

Éste es mi precepto: «Si puedes acabar secundaria sin haberle hecho daño a nadie, ¡cool!».

¡Espero que esté pasando un verano estupendo! ¡Mi madre y yo fuimos a visitar a la familia de Auggie en Montauk el Cuatro de Julio! ¡Lanzaron fuegos artificiales desde la playa! Y ADEMÁS... ¡había un telescopio en la azotea! ¡Todas las noches subía para ver las estrellas! ¿Alguna vez le he dicho que de grande quiero ser astrónoma? Me sé todas las constelaciones de memoria. También sé muchas cosas sobre la ciencia de las estrellas. Por ejemplo, ¿sabe de qué están hechas las estrellas? A lo mejor sí lo sabe porque es profesor, pero mucha gente no lo sabe. Una estrella es básicamente una nube gigante de hidrógeno y helio. Cuando se hace vieja, empieza a encoger y eso crea los demás elementos. Y cuando todos los elementos se hacen tan pequeños que ya no caben en ninguna parte, ¡explotan y envían todo su polvo de estrellas al universo! Ese polvo es el que forma los planetas, las lunas y las montañas... ¡y a las personas! ¿Verdad que es alucinante? ¡Todos estamos hechos de polvo de estrellas!

Un saludo,

SUMMER DAWSON

Sí, claro que me gusta mi trabajo. Mientras haya alumnos como Summer que intenten alcanzar las estrellas, seguiré animándolos.

SEÑOR BROWNE

JULIO

Aunque no ganes,
escucha a tu
vocecita interior que
dice que siempre
eres un ganador.

Josh

Cuando sabemos interpretar
nuestro corazón, aprendemos
a conocer el de los demás.

DENIS DIDEROT

No nos preguntamos cuál es
la utilidad del canto de los
pájaros; cantar es un placer
para ellos, pues fueron
creados para cantar.
Del mismo modo,
no debemos preguntarnos
por qué la mente humana
se molesta en desentrañar
los secretos de los cielos…

Johannes Kepler

CLARE

El mayor peligro para
la mayoría de nosotros
no es apuntar demasiado
alto y fallar, sino apuntar
demasiado bajo y acertar.

Miguel Ángel

Quien viaja
tiene historias
que contar.

PROVERBIO GAÉLICO

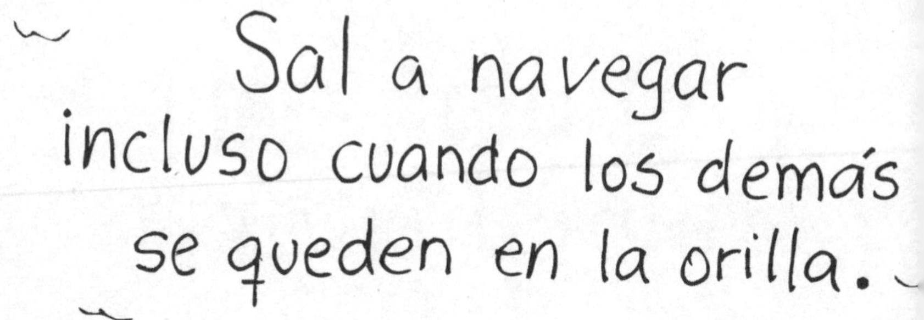
Sal a navegar
incluso cuando los demás
se queden en la orilla.

Emma

LA VIDA NO ES COLORIDA.

LA VIDA ES COLOREAR.

PACO

El verdadero secreto
de la felicidad está en
interesarse por todos los
detalles de la vida cotidiana.

William Morris

¿Cuántas cosas
se juzgan
imposibles
de hacer antes
de llevarlas
a cabo?

Plinio el Viejo

La bondad es
como la nieve.
Embellece todo
lo que cubre.

KHALIL GIBRAN

Aunque no todos
los días
sean gloriosos,
hay algo glorioso
cada día.

¡Busca la gloria!

CALEB

La grandeza no radica
en ser fuerte, sino en el uso
correcto de la fuerza.

Henry Ward Beecher

Las grandes obras se hacen
no con fuerza, sino con
perseverancia.

Samuel Johnson

Mejoro
día tras día,
en todos
los aspectos.

Émile Coué

Buda

Al acabar la partida,
el rey y el peón vuelven
a la misma caja.

Proverbio italiano

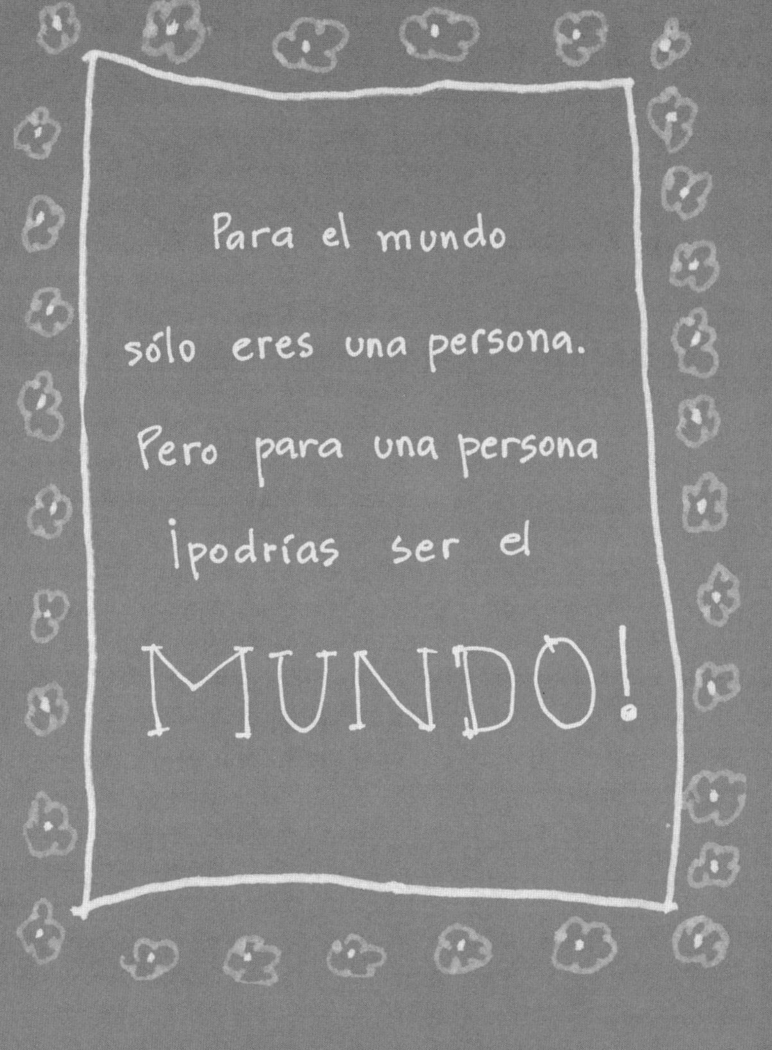
Para el mundo
sólo eres una persona.
Pero para una persona
¡podrías ser el
MUNDO!

Anónimo

Mientras se gana algo,
no se pierde nada.

Miguel de Cervantes

Hay gente que te sorprende. Crees que los tienes medidos y entonces hacen algo que te hace comprender lo insondable que es en realidad el corazón humano. En ese sentido, y teniendo en cuenta que el corazón de un niño aún está desarrollándose, nadie puede sorprenderte más que un niño. Esto mismo me sucedió durante un reciente intercambio de correos electrónicos con un antiguo alumno. El chico no la pasó bien en quinto. Casi todo fue por su culpa: tomó malas decisiones. Podría decirse que era un acosador, y en clase hubo un cambio de opinión que se volvió en su contra, como tenía que ser. Descubrió que sus antipatías, propias de alguien corto de miras, no eran tan universales como él pensaba, y al final acabó quedándose solo con sus prejuicios.

Sin embargo, siempre he sospechado que aquel chico escondía algo. Sus composiciones revelaban un corazón más sensible de lo que sus actos daban a entender. A veces no era fácil identificar al chico capaz de mostrarse tan odioso con el chico que escribía aquellas composiciones. Aún tenía esperanzas con él. Y cuando recibí un e-mail suyo en verano, me puse muy contento.

Para: tbrowne@beecherschool.edu
De: julianalbans@ezmail.com
Asunto: Mi precepto

¡Hola, señor Browne!
Acabo de enviarle mi precepto por correo: «A VECES ES BUENO EMPEZAR DE NUEVO». Está en

una postal de una gárgola. Le he enviado este precepto porque en septiembre empiezo en un colegio nuevo. Al final no soportaba Beecher. No me gustaban los alumnos, pero SÍ me gustaban los profesores. Su clase me parecía genial, así que no se tome como algo personal que no vuelva por allí.

No sé si conoce toda la historia, pero la razón principal por la que no vuelvo a Beecher es... bueno, no quiero dar nombres, pero había un alumno con el que me llevaba mal. En realidad eran dos (seguro que se hace una idea de quiénes eran). El caso es que esos chicos no eran personas a las que apreciara mucho. Empezamos a escribirnos notas desagradables el uno al otro. Repito: el uno al otro. ¡Era recíproco! Pero la bronca me cayó a mí. ¡Sólo a mí! ¡Fue muy injusto! La verdad es que el señor Traseronian me la tenía jurada porque mi madre estaba intentando que lo despidieran. En resumen: me expulsaron durante dos semanas por escribir aquellas notas. (Esto no lo sabe nadie. Es un secreto; por favor, no se lo cuente a nadie.) Desde el centro dijeron que su política era de «tolerancia cero» con el acoso, ¡pero a mí no me parece que lo que yo hacía fuera acoso! Mis padres se enfadaron mucho con el colegio y decidieron inscribirme en uno nuevo para el próximo año. En fin, ésa es la historia.

¡Ojalá ese «alumno» no hubiera ido a Beecher! Yo habría llevado el año mucho mejor. No soportaba estar en la misma clase que él. Tenía pesadillas con él. Seguiría yendo a Beecher si él no hubiera estado allí.

Sus clases me gustaban mucho. Era un buen profesor y quería decírselo.

Para: julianalbans@ezmail.com
De: tbrowne@beecherschool.edu
Asunto: Re: Mi precepto

Hola, Julian.
¡Muchas gracias por tu e-mail! Estoy deseando recibir la postal de la gárgola. Siento mucho enterarme de que no volverás a Beecher. Siempre he pensado que eras un buen alumno y un escritor con talento.

Por cierto, me encanta tu precepto. Estoy de acuerdo, a veces es mejor empezar de nuevo. Volver a empezar nos da la oportunidad de reflexionar sobre el pasado, de sopesar las cosas que hemos hecho y de aplicar lo que hemos aprendido de cara al futuro. Si no reflexionamos sobre el pasado, no aprendemos de él.

En cuanto a los «chicos» que no te caían bien, creo que sé a quiénes te refieres. Siento mucho que no hayas tenido un buen curso, pero espero que encuentres un momento para preguntarte por qué. Las cosas que nos suceden, incluidas las malas, a menudo pueden enseñarnos cosas sobre nosotros mismos. ¿Alguna vez te has preguntado por qué la pasaste tan mal con esos dos alumnos? ¿Quizás era su amistad lo que te molestaba? ¿Te molestaba el aspecto físico de Auggie? Dices que tenías pesadillas. A veces, el miedo puede hacer que incluso los chicos más geniales digan y hagan cosas que normalmente no harían ni dirían. Quizá deberías explorar un poco más esos sentimientos.

En cualquier caso, te deseo muy buena suerte en tu nuevo colegio, Julian. Eres un buen chico. Un líder nato. Simplemente recuerda usar tu liderazgo para una buena causa, ¿eh? No lo olvides: ¡elige ser amable!

Para: tbrowne@beecherschool.edu
De: julianalbans@ezmail.com
Asunto: Re: Re: Mi precepto

¡Muchas gracias por su e-mail, señor Browne! Me hizo sentir muy bien. Como si me «entendiera» de verdad. Además, piensa que soy un buen chico, y eso está muy bien. Creo que todo el mundo piensa que soy un «chico diabólico». Me alegra saber que usted no.

Me puse a leer su e-mail y, como mi abuela me vio sonreír, me pidió que se lo leyera en voz alta. Mi *grand-mère* es francesa y este verano me quedo en su casa en París. Se lo leí y luego tuvimos una larga charla. Mi *grand-mère* es mayor, pero aún no se le va el hilo. ¿Y sabe qué? ¡Estaba totalmente de acuerdo con usted! Piensa que a lo mejor me porté mal con Auggie porque me daba un poco de miedo. Y, después de hablarlo con ella, creo que a lo mejor es verdad. Y sobre el tema de las pesadillas, cuando era pequeño tenía unas pesadillas horribles. Terrores nocturnos. El caso es que no había vuelto a tenerlas desde hacía mucho tiempo, pero la primera vez que vi a Auggie en el despacho del señor Traseronian, volví a tenerlas. ¡Qué asco! Me dieron ganas de no volver a pisar el colegio porque no quería volver a verle la cara.

Sé que habría pasado mejor el curso si Auggie no hubiera ido a Beecher, pero sé que no es culpa suya tener el aspecto que tiene. Mi abuela me contó una historia muy larga sobre un chico al que conoció cuando era pequeña y lo mal que se portaban con él los demás. Me dio muchísima pena. Y me sentí mal por algunas de las cosas que le había dicho a Auggie.

Así que le he escrito una nota a Auggie, pero no tengo su dirección. ¿Se la puedo enviar a usted para que usted se la envíe a Auggie? No sé cuánto cuestan los sellos, pero se lo pagaré. (¡Es una nota bonita, no se preocupe!)

Gracias de nuevo, señor Browne. En serio. ¡Gracias!

Para: julianalbans@ezmail.com
De: tbrowne@beecherschool.edu
Asunto: ¡Orgulloso!

Julian, no tienes una idea de lo orgulloso que estoy de que hayas dado ese gran paso. Será un honor enviarle esa nota a Auggie en tu nombre cuando la reciba (y no te preocupes, no tienes que pagarme el sello). Parece que estás viviendo de acuerdo con tu precepto. ¡Me alegro por ti, Julian!

Verás, la verdad es que no resulta fácil hacerle frente al miedo. De hecho, es una de las cosas más difíciles a las que tenemos que enfrentarnos los seres humanos. Y eso es porque el miedo no siempre es algo racional. ¿Sabes cuál es el origen del miedo? Hay que remontarse a los primeros tiempos de la humanidad. Cuando aún ni siquiera éramos plenamente humanos, desarrollamos el miedo como un mecanismo de supervivencia en un mundo difícil: serpientes y arañas venenosas, dientes de sable, lobos. La respuesta instintiva a un posible peligro hacía que nos subiera la adrenalina para que pudiéramos correr más rápido o luchar mejor en respuesta a ese posible peligro. Es un instinto natural, Julian. El miedo es una de las cosas que nos hace ser humanos.

Pero otra de las cosas que nos convierte en humanos es nuestra capacidad para hacer frente al miedo. Podemos recurrir a otras características que nos ayudan a afrontar nuestros miedos. La capacidad de ser valiente a pesar del miedo. La capacidad de arrepentirnos. La capacidad de sentir. La capacidad de ser amable. Esos rasgos trabajan al mismo tiempo que el miedo para hacer de nosotros mejores personas.

Intuyo que el próximo año te va a ir muy bien, Julian. ¡Confío en ti! Dale una oportunidad a todo el mundo y todo irá bien. ¡Mucha suerte!

A veces, lo único que necesita un chico es un empujoncito para tener una revelación. No estoy diciendo que fuera yo ese empujón. Creo que fue la sabia abuela de Julian. El caso es que todo el mundo tiene una historia que contar. Con algunos chicos, el gran reto es tener la paciencia suficiente para escucharlos.

Señor Browne

AGOSTO

Mañana, a lozanos bosques y campos nuevos.

John Milton

Si quieres aprender algo del mundo, sal a él.

Mae

EL ÉXITO

no se consigue con títulos,
buenas notas ni menciones,
sino a través de las
experiencias que
amplían tu fe
en lo que es

POSIBLE.

Matea

Si piensas
que eres capaz
de hacer algo,
ya tienes
medio camino
recorrido.

Theodore Roosevelt

No hay mayor riqueza que la vida.

John Ruskin

La vida no
se mide por
el número
de veces
que respiras,
sino por los
momentos
que te dejan
sin aliento.

Anónimo

Muy lejos, en dirección
al sol, están mis más altas
aspiraciones. Tal vez no las
alcance, pero puedo mirar
hacia arriba y ver su belleza,
creer en ellas e intentar
seguirlas a donde me lleven.

Louisa May Alcott

No busques
seguir los pasos
de los sabios.
Busca lo que
ellos buscaron.

Matsuo Bashō

Soy una parte
de todo lo
que he ido
encontrando
por el camino.

Alfred, Lord Tennyson

Uno de los requisitos esenciales para ser feliz es la tolerancia ilimitada.

A. C. Fifield

Los espléndidos logros
de la inteligencia son,
como el alma, eternos.

SALUSTIO

Lleva una ventaja
lo sabio, que es
eterno; y si éste
no es su siglo,
muchos otros
lo serán.

BALTASAR GRACIÁN

Si quieres llegar pronto,
ve solo. Si quieres llegar lejos,
ve acompañado.

Proverbio africano

UN TROPEZÓN PUEDE EVITAR UNA CAÍDA.

Proverbio inglés

Si vale la pena hacerlo,
vale la pena hacerlo bien.

PHILIP DORMER STANHOPE

Anoche el sol
se marchó y, sin
embargo, hoy está
aquí de nuevo.

John Donne

La bondad es como un
bumerán: siempre vuelve.

Anónimo

Sigue nadando,
por fuerte
que sea
la corriente.

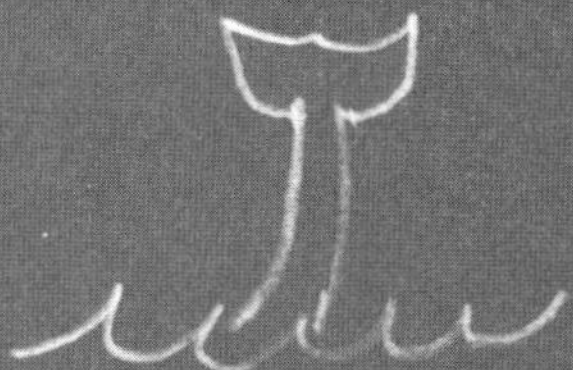

Ava

Sólo soy uno,

pero al menos soy uno.

No puedo hacerlo todo,

pero al menos puedo hacer algo.

Y, como no puedo hacerlo todo,

no me negaré a hacer ese algo que puedo hacer.

EDWARD EVERETT HALE

Si quieres gustar,
tienes que ser
tú mismo.

Gavin

En la naturaleza
no hay nada
que no sea hermoso.

Alfred, Lord Tennyson

DIAMANTINA

La amabilidad puede propagarse de una persona a otra como la diamantina. Cualquiera que haya intentado introducir la diamantina en un trabajo de plástica sabe de qué hablo. No te la puedes quitar de encima. Tocas a otra persona y se la lleva puesta. Sus restos centelleantes tardan días en irse. Y por cada puntito minúsculo que encuentras, sabes que cien más parecen haberse evaporado. Pero ¿dónde se han metido? ¿Adónde va a parar toda esa diamantina?

El año pasado tenía en clase a un chico que se llamaba August. Era bastante especial, y no por su cara. Fue su espíritu indomable lo que me atrajo de él (a mí y a muchas de las personas de su entorno). Auggie acabó el año triunfando por todo lo alto. Me llevé una gran alegría. No soy tan ingenuo como para pensar que un final feliz en quinto le garantice llevar una vida feliz. Sé que le aguardan unos cuantos desafíos, pero lo que he deducido de este año triunfal ha sido lo siguiente: tiene lo que hay que tener para hacer frente a los desafíos de la vida. Auggie tendrá una vida maravillosa. Ésa es mi predicción.

El otro día me envió un e-mail que confirma esa predicción.

Para: tbrowne@beecherschool.edu
De: apullman@beecherschool.edu
Asunto: La postal

Hola, señor Browne.
¡Cuánto tiempo! Espero que esté pasando

un buen verano. El mes pasado le envié mi precepto, espero que lo recibiera. En la postal había un pez gigante. Era de Montauk.

Le escribo para darle las gracias por enviarme la nota de Julian por correo. ¡Vaya, eso no me lo esperaba! Cuando abrí su carta, pensé: ¿qué es ese otro sobre? Y cuando lo abrí vi la letra y pensé: no puede ser, ¿ya está Julian enviándome notas desagradables otra vez? Seguramente usted no lo sabe, pero Julian estuvo dejándome algunas notas muy desagradables en el casillero el año pasado. El caso es que esta nota ¡no era una nota desagradable! En realidad era una disculpa. ¿Qué le parece? Estaba cerrada, así que a lo mejor no la ha leído, pero esto es lo que decía:

QUERIDO AUGGIE:

QUIERO OFRECERTE DISCULPAS POR LAS COSAS QUE HICE EL AÑO PASADO. HE ESTADO DÁNDOLE MUCHAS VUELTAS. NO TE LO MERECÍAS. OJALÁ PUDIERA DAR MARCHA ATRÁS. SERÍA MÁS AMABLE. ESPERO QUE CUANDO TENGAS OCHENTA AÑOS NO TE SIGAS ACORDANDO DE LO MAL QUE ME PORTÉ. OJALÁ TE SONRÍA LA VIDA.

JULIAN

P. D.: SI FUISTE TÚ QUIEN LE CONTÓ AL SEÑOR TRASERONIAN LO DE LAS NOTAS, TRANQUILO, NO ESTOY ENFADADO.

La nota me ha dejado alucinado. Por cierto, se equivoca al pensar que fui yo quien se lo contó al señor Traseronian. No fui yo (y Summer y Jack tampoco fueron). ¡A lo mejor es verdad eso de que el señor Traseronian tiene satélites espía microscópicos que graban todo lo que hacemos en el colegio! ¡A lo mejor hasta está leyéndome AHORA! Señor Traseronian, si me está leyendo, espero que haya pasado un buen verano. En fin, esto demuestra que la gente nunca deja de sorprenderte.

Para: apullman@beecherschool.edu
De: tbrowne@beecherschool.edu
Asunto: Re: La postal

Hola, Auggie (y señor Traseronian, si nos lee). Sólo quería escribirte una nota rápida para decirte que me alegro mucho de que el tema con Julian haya quedado zanjado. No hay nada que pueda compensar lo que te hizo pasar, pero te queda la satisfacción de saber que ha madurado como persona gracias a ti. Tienes razón: la gente nunca deja de sorprenderte. ¡Nos vemos el mes que viene!

Para: tbrowne@beecherschool.edu
De: apullman@beecherschool.edu
Asunto: ¿La verdad al descubierto?

Sí, es verdad. La gente nunca deja de sorprenderte. Le enseñé la postal a mi madre y casi se desmaya. «¡Nunca dejaré de asombrarme!», dijo. Luego se lo conté a Jack y me dijo: «¿Has revisado la postal, a ver si lleva veneno?». Ya sabe cómo es Jack. En serio, no sé qué es lo que habrá motivado a Julian a escribir la disculpa, pero se lo agradezco mucho. Lo único que aún no sé es: ¿QUIÉN LE CONTÓ LO DE LAS NOTAS AL SEÑOR TRASERONIAN? ¿Fue usted, señor Browne?

Para: apullman@beecherschool.edu
De: tbrowne@beecherschool.edu
Asunto: Re: ¿La verdad al descubierto?

¡Ja! Te prometo que no fui yo quien se lo contó al señor Traseronian. ¡No tenía ni idea de la existencia de esas notas desagradables! Quizá sea uno de esos misterios que nunca se resuelven.

Para: tbrowne@beecherschool.edu
De: apullman@beecherschool.edu
Asunto: Re: ¿La verdad al descubierto?

Con la diamantina pasa una cosa: en cuanto la sacas del bote, ya no hay manera de volver a meterla. Lo mismo ocurre con la amabilidad: en cuanto te sale de adentro, no hay manera de contenerla y se convierte en esa cosa brillante, centelleante y maravillosa que pasa de una persona a otra.

Señor Browne

SEPTIEMBRE

Cuando puedas
elegir entre
tener razón
y ser amable,
elige ser amable.

Doctor Wayne W. Dyer

Quien ha
comenzado ya
ha hecho la mitad.
Atrévete a saber,
empieza.

Horacio

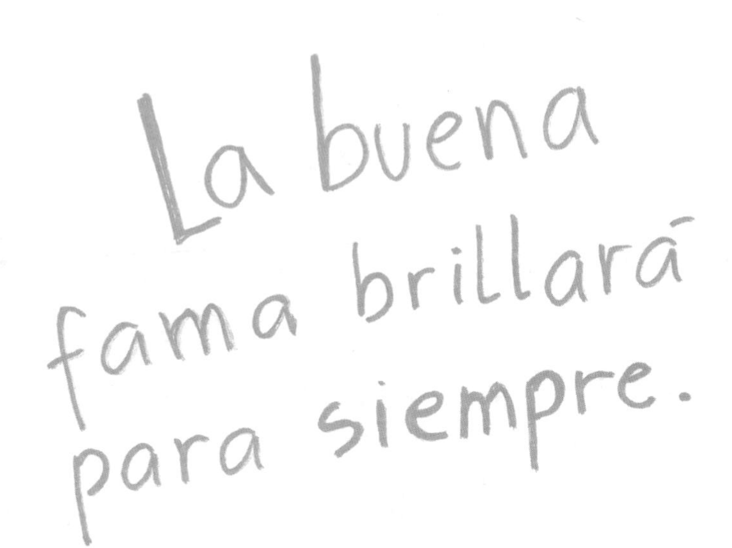

Proverbio africano

Se necesita muy poco para vivir feliz.

Marco Aurelio

¡Hay que seguir adelante!
Sin miramientos, si es
necesario, o con ellos,
si es preciso, pero ¡hay que
seguir adelante! ¡Saltar por
encima de los obstáculos
y ganar la carrera!

CHARLES DICKENS

La sabiduría es
como un baobab:
una persona sola
no puede abarcarla,
pero una tribu sí.

Proverbio africano

Los hombres más sabios siguen su propio rumbo.

Eurípides

Anónimo

La belleza no está
en el rostro;
la belleza es una luz
en el corazón.

Jalil Gibran

El secreto para hacer las cosas es actuar.

Dante Alighieri

Acepta aquello que
no puedas cambiar.
Cambia aquello que
no puedas aceptar.

Anónimo

No hay
arco iris 
sin
lluvia.

Anónimo

Un acto de bondad nunca
muere, sino que extiende
las ondulaciones invisibles de
su influencia durante siglos.

PADRE FABER

Sin lucha
no hay progreso.

Frederick Douglass

Cada hora
de luz y de OSCURIDAD
es un milagro.

WALT WHITMAN

Empieza haciendo
lo necesario,
luego lo posible
y, de repente,
estarás haciendo
lo imposible.

San Francisco de Asís

¡Ser amable es genial!

ALEXIS

Valora lo que tienes
dentro.

Chuang Tsé

Un gran corazón
siempre está empeñado
en hacer crecer
a otros corazones.

CHRISTINA

La felicidad consiste en tener alguien a quien amar, algo que hacer y algo que desear.

Proverbio chino

ELIGE SER AMABLE

Siempre he pensado que la enseñanza tiene mucho que ver con la iluminación. Está claro que a los chicos les enseñamos cosas que quizá no sepan, pero muchas veces sólo arrojamos luz sobre las cosas que ya saben. En quinto pasa mucho eso. Los chicos saben leer, pero lo que yo intento es que les guste la lectura. Los chicos saben escribir, pero yo intento inspirarles para que se expresen mejor. En ambos casos, el material que necesitan ya está en su interior y yo sólo tengo que guiarlos un poco, arrojar algo de luz, iluminarlos.

Ésa es una de las razones que hacen que me guste empezar el curso con el precepto del doctor Wayne Dyer de «elige ser amable». Todos los chicos son nuevos en secundaria. Muchos no se conocen entre sí. Creo que este precepto es un ataque preventivo contra muchas de las cosas que van a suceder, un germen en sus cerebros. Planto la idea de la amabilidad para que esa semilla se quede enterrada en su interior. ¿Arraigará? ¿Florecerá? Quién sabe. En cualquier caso, yo ya he hecho mi trabajo.

Cuando puedas elegir entre tener razón y ser amable, elige ser amable.

DOCTOR WAYNE W. DYER

Esta cita en concreto, cuando la presento, suele dar pie a una discusión que dura varios días. Suelo empezar la conversación sobre los preceptos con una encuesta general: «¿Te gusta el precepto? ¿Se puede aplicar a tu estilo de vida? ¿Qué crees que significa?».

Luego me pongo a hablar de los beneficios más evidentes del precepto. «Si alguien adoptara esa cita como precepto personal, ¿no sería el mundo un lugar mejor? —les pregunto—. Imaginen que todos los países lo adoptaran de manera obligatoria... ¿no habría menos conflictos?» Algunos chicos me dan la razón, y dicen que si todos los países eligieran ser amables en lugar de tener razón, podría acabarse con el hambre en el mundo. Otros me discuten que la riqueza no tiene nada que ver con tener o no razón.

A veces les pregunto si les resultaría muy difícil elegir dar su brazo a torcer en una discusión con sus madres, o sus padres, o sus hermanos, sabiendo que tienen razón y que la otra persona no la tiene. ¿Cederían sólo para que la otra persona guardara las apariencias? ¿Por qué? ¿Por qué no? Esta parte de la discusión suele ser muy animada.

Elegir ser amable no es tan sencillo. Una cosa es dar tu brazo a torcer en una discusión con un ser querido —un amigo, por ejemplo— porque no ves qué interés tiene «ganar» la discusión a costa de los sentimientos de tu amigo. Pero ¿y si crees en algo en lo que no cree nadie más? ¿Y si eres el único que piensa que tienes razón? ¿Deberías dar tu brazo a torcer, sólo para ser amable? ¿Y si fueras Galileo y supieras que tienes razón sobre la teoría de que los planetas giran alrededor del Sol, aunque todos los demás pensaran que estás loco? ¿Darías tu brazo a torcer? ¿Y si vivieras en los años cincuenta y estuvieras en contra de la segregación racial? ¿Darías tu brazo a torcer sólo para ser educado? Y si defendieras algo en lo que creyeras, ¿de verdad querrías dar tu brazo a torcer sólo para ser amable? ¡No! Darías la cara y lucharías, ¿verdad que sí?

Todo esto lleva a que a menudo algunos chicos se pregunten si el precepto es bueno o no. Entonces yo insinúo que quizá las palabras más importantes del precepto no sean «amable» ni «razón». Quizá la palabra más importante de toda la frase sea «elige». Tienes elección. ¿Qué eliges?

Como ya he dicho, mi trabajo es plantar la idea en su cabeza, chicos. La semilla. Una vez plantada la semilla, lo único que puedo hacer es arrojar más luz sobre ella. Y verla crecer. Con el tiempo, serán ustedes quienes la iluminen, y entonces... ¡prepárate, mundo!

Señor Browne

OCTUBRE

Tus actos son
tus monumentos.

Inscripción en una tumba egipcia

Acepta lo que tienes
y trátalo bien.

Brody

Eres un conductor

Sir Arthur Conan Doyle

El conocimiento es amor,
luz y visión.

Helen Keller

Nada sucede
a menos que lo hayas
soñado primero.

Carl Sandburg

Para aquel cuyo flexible y vigoroso
pensamiento corre parejo con el sol,
el día es una mañana perpetua.

HENRY DAVID THOREAU

Adéntrate en la luz
de las cosas. Deja que
la naturaleza sea tu maestra.

William Wordsworth

¡Ah, la inmensidad
del valor de las personas
para los demás, y de los
actos bondadosos y la
imaginación amorosa
entre ellas para lograr
la felicidad!

James Vila Blake,
More Than Kin

Eres
tu propia
lucecita,
brilla con fuerza
para que todos
puedan verte.

ELIZABETH

Hacerlo
lo mejor que puedes
es lo mejor
que puedes
hacer.

Riley

Busca la belleza que hay en
el mundo y el mundo buscará
la belleza que hay en ti.

Zöe

Trata a
los demás
como quieres
que te traten
a ti.

Proverbio

Es mejor estar en
la oscuridad con un amigo
que en la luz
solo.

JOHN

Hay que estar agradecidos con las personas que nos hacen felices. Son los encantadores jardineros que hacen florecer nuestras almas.

Marcel Proust

Sé atrevido y alza la voz,
sé valiente y escucha
a tu corazón, y sé fuerte
y lleva la vida que siempre
has imaginado.

Anónimo

No pido una
carga más
ligera, sino una
espalda más
ancha.

Proverbio judío

Vuelve a las antiguas
fuentes en busca de algo
más que agua; los amigos y
los sueños te aguardan allí.

Proverbio africano

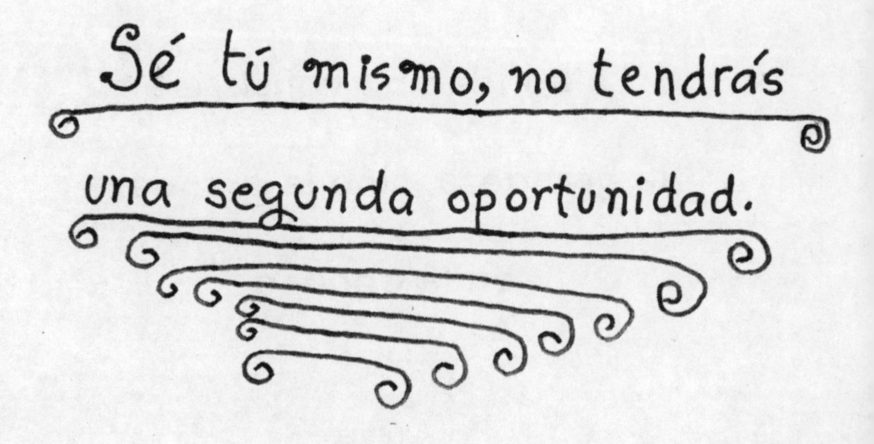

DANIEL

La bondad no consiste en

la grandeza, sino la grandeza

en la bondad.

ATENEO

La felicidad no habita
ni en las posesiones
ni en el oro.
La felicidad vive
en el alma.

Demócrito

Elévate
por encima
de las cosas
insignificantes.

John Burroughs

La felicidad interior
casi siempre
es consecuencia
de una buena acción.

Padre Faber

La mente
lo es todo.
Te conviertes
en aquello en
lo que piensas.

Anónimo

DE BABUINOS Y HOMBRES

Hace unos cuantos años leí un artículo sobre un par de biólogos que habían estudiado a una manada de babuinos durante más de veinte años. Aquella manada en concreto estaba llena de babuinos machos «alfa» muy agresivos que de manera habitual atacaban y acosaban a las hembras y a los machos más débiles de la manada y les impedían el acceso a los lugares donde podían conseguir alimento. Esto les resultó inesperadamente ventajoso a estos últimos el día que los machos alfa comieron carne infectada. Murieron todos, pero las hembras y los machos más débiles sobrevivieron. Pasado un breve periodo, la manada de babuinos adoptó una dinámica totalmente diferente. Eran mucho menos agresivos, más sociales y tenían un comportamiento mucho menos «estresado» que antes. Es más, dichos cambios perduraron mucho tiempo tras la muerte de la primera generación de babuinos «más simpáticos». Los nuevos babuinos que entraban en la manada asimilaban el comportamiento menos agresivo y lo transmitían a la siguiente generación. La transmisión de la «amabilidad» —si es que puede denominarse así— arraigó y creció.

¿Que por qué hablo de los babuinos? No, no voy a comparar a un grupo de alumnos de quinto con unos babuinos, tranquilos. Lo que sí voy a hacer es aventurarme y extraer la siguiente lección: una reducida camarilla dominante puede marcar la pauta de comportamiento de un grupo. Pregúntenle a cualquier profesor. Si tienes la suerte de contar con unos cuantos chicos alfa en tu clase que puedan darle un ambiente positivo al curso, te espera un buen curso. Y a la inversa, si tienes unos cuantos chicos dominantes empeñados en dar problemas, ¡abróchate el cinturón!

El año pasado fue muy bueno. Aunque las travesuras habituales entre los de quinto se vieron intensificadas por la «división» entre los partidarios de Auggie y los de Julian y todo acabó bien para Auggie, entre las chicas no hubo grandes dramas. Summer, con su naturaleza alegre y su seguridad en sí misma, fue una buena influencia. Y tuve otra alumna, Charlotte, que también era muy dulce. El otro día tuvimos este intercambio a través de Google Docs:

Hola, señor Browne. Estoy escribiendo un artículo para el periódico del colegio y me preguntaba si podría entrevistarlo sobre los preceptos. Espero que tenga tiempo.

Hola, Charlotte. Estaré encantado de ayudarte.

¡Cool! ¡Gracias! En primer lugar, ¿recibió mi precepto en verano? «No basta con ser amigable. Tienes que ser un amigo.»

¡Sí, claro que sí! Gracias por enviarlo. Me gustó mucho.

¡Gracias! Seguramente estará preguntándose por qué elegí ese precepto.

Pues sí, la verdad. Tengo mucha curiosidad.

Se lo voy a explicar. ¿Se acuerda de la ceremonia de graduación, cuando Auggie ganó el Premio Beecher? Pensé que era supercool, porque se lo merecía de verdad, pero pensé que también deberían haberlo ganado otras personas. Como Jack. Y Summer. Fueron muy buenos amigos de Auggie desde el principio, cuando nadie más le hacía caso.

Esta parte no va a salir en el periódico, ¿verdad?

¡Claro que no!

Era por saberlo. Disculpa la interrupción.

No pasa nada. Empecé a reflexionar sobre por qué yo no había llegado a intimar con Auggie. Era amable con él, lo saludaba por los pasillos, nunca me porté mal con él, pero nunca hice lo que hizo Summer. Nunca me senté con él a la hora de comer. Y nunca lo defendí ante mis amigos, como hizo Jack.

No seas dura contigo misma, Charlotte. Siempre te portaste bien.

Sí, pero «portarse bien» no es lo mismo que «elegir ser amable».

Ya veo por dónde vas.

Este año empecé a sentarme en la mesa «del verano». Estamos Auggie, Summer, Jack, Maya, Reid y yo. Conozco a gente que sigue sin gustarle relacionarse con Auggie, pero eso ya es problema suyo, ¿no?

Exacto.

En fin... el artículo del periódico. Me preguntaba si podría compartir con los lectores por qué empezó a coleccionar preceptos. ¿Qué le inspiró a hacerlo?

Hum... Supongo que la idea de coleccionar preceptos se me ocurrió en la universidad. Descubrí los escritos de sir Thomas Browne, un erudito del siglo XVII, y su obra me pareció muy conmovedora.

¿En serio? ¿De verdad se llamaba Thomas Browne?

Una increíble coincidencia, ¿eh?

¿Y cuándo empezó a enseñar preceptos a sus alumnos?

Poco después, cuando empecé como profesor en prácticas. Me parece muy curioso que me hagas todas estas preguntas, porque he estado dándole vueltas a la idea de reunir en un libro todos los preceptos que he ido recogiendo con el paso de los años, además de algunos ensayos donde trato algunas de las preguntas que me estás haciendo.

¿En serio? ¡Qué idea tan increíble! ¡Yo lo compraría!

¡Bien! Me alegro de que te guste.

Creo que ésas eran todas las preguntas que tenía. Estoy deseando leer su libro cuando lo publique.

Gracias. ¡Adiós, Charlotte!

Lo que más me gustó de este intercambio fue la idea de que la propia Charlotte había comprendido el profundo impacto de la amabilidad.

He comenzado este ensayo con una historia verídica de babuinos y lo he terminado con la historia de una chica. En ambas, la transmisión de la amabilidad ha arraigado. ¿Qué pueden hacer los biólogos y los profesores aparte de maravillarse ante su impacto?

Señor Browne

NOVIEMBRE

Ten por amigos
únicamente a tus iguales.

CONFUCIO

Difícil es
el camino
que lleva
a las alturas
de la grandeza.

SÉNECA

Ama la verdad,
pero perdona
el error.

Voltaire

Lo que trae la noche
a nuestra alma puede
dejarnos estrellas.

VICTOR HUGO

Normal es un programa en una lavadora.

Anónimo

Si no sabes desde
qué ángulo afrontar
un problema, prueba
con un gran angular.

Anónimo

Da forma a tu vida como si fuera
un jardín de hermosos actos.

Anónimo

No aspires, alma
mía, a la vida
inmortal, pero
agota el campo
de lo posible.

PÍNDARO

Todo tiene sus maravillas,

incluso la oscuridad

y el silencio, y yo aprendo,

sea cual sea mi situación,

a estar contenta.

HELEN KELLER

La única manera
de tener un amigo
es ser un amigo.

Hugh Black

Los buenos amigos
son como las estrellas.
No siempre los ves,
pero sabes que siempre
están ahí.

Anónimo

Si la vida
te da
limones,
haz jugo
de naranja.
¡Sé especial!

J. J.

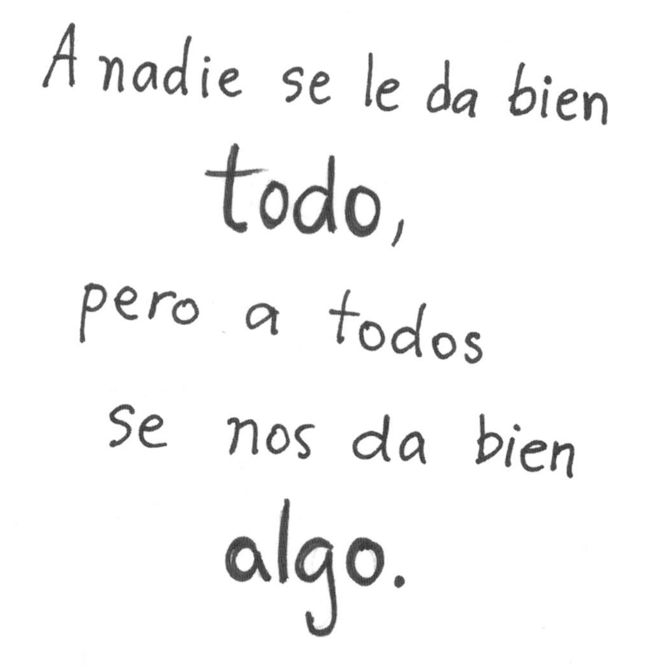
A nadie se le da bien
todo,
pero a todos
se nos da bien
algo.

MathLinks 7

CLARK

Mundo: estoy en sintonía con cada nota de tu gran armonía.

Marco Aurelio

La bondad es la
cadena de oro que
mantiene unida
a la sociedad.

JOHANN WOLFGANG VON GOETHE

La felicidad en la vida está
compuesta de fracciones
minúsculas: las pequeñas
atenciones, pronto olvidadas,
de un beso o una sonrisa, una
mirada amable, un cumplido
sincero, y de los incontables
infinitesimales de una
sensación grata y cordial.

Samuel Taylor Coleridge

Gracias a su perseverancia, el caracol llegó al arca.

Charles Spurgeon

Las buenas acciones
pueden llevar a más
buenas acciones
que pueden llevar
a más buenas acciones
¡que al final pueden
volver a ti!

Nicolas

Si no sabes, deberías preguntar.

HAILEY

HÉROES

El mes pasado, en Halloween, uno de mis alumnos se disfrazó de Frodo, y eso me llevó a hacer el siguiente comentario impulsivo: «Me encanta Frodo, pero hay que asumir que el más grande de los héroes de la Tierra Media es Samsagaz Gamyi».

Cualquiera pensaría que acababa de decir que íbamos a cancelar Halloween o algo así, a juzgar por la cantidad de gritos y de comentarios del tipo «¡Ni hablar!» que recibí. No recuerdo cuándo fue la última vez que uno de mis comentarios generó tanta controversia en clase. Aunque la clase estaba dividida más o menos a partes iguales entre Aragorn y Frodo como el más grande de los héroes —con algunos partidarios de Gandalf—, ni una sola persona me dio la razón en lo de Samsagaz.

Intenté explicarles aquella idea tan loca. Sam, les recordé, es el fiel compañero de Frodo en lo bueno y en lo malo. Todas esas ocasiones en las que Frodo está a punto de rendirse, Sam lo anima a seguir. Cuando Frodo ya no puede llevar el anillo, Sam carga con Frodo a través de las desoladas llanuras de Mordor. Cuando Sam piensa que Frodo ha muerto, toma el anillo y se dispone a destruirlo. Y cuando el anillo comienza a seducirlo, Sam es una de las pocas criaturas en toda la Tierra Media que es capaz de resistir la tentación. En cierto modo, le dije a los chicos, Sam es la personificación de las cuatro virtudes. En la antigüedad clásica se creía que, para ser una gran persona, uno debía tener las cuatro siguientes virtudes en igual proporción:

SABIDURÍA: prudencia, fruto de la experiencia, o la capacidad de reaccionar de manera apropiada a cualquier situación.

JUSTICIA: la capacidad de luchar por lo que está bien. La voluntad perpetua y constante de darle a cada cual lo que le corresponde.

VALOR: la capacidad de hacer frente al miedo, a la incertidumbre o a la intimidación.

TEMPLANZA: la capacidad de practicar la moderación, aunque uno tenga la tentación de ceder a sus deseos o a su interés. La templanza es el arte del autocontrol.

Le dije a mis alumnos que Samsagaz Gamyi es la personificación de todas esas virtudes, pero ellos me señalaron que no es especialmente sabio, y tuve que darles la razón. Y que en la vida no se guía por la justicia, y en eso también tuve que darles la razón. Al final decidimos que, en conjunto, Sam personificaba la templanza. Nunca se deja llevar por sus deseos, sino que se mantiene firme para ayudar a sus amigos.

«¿Y qué otros héroes de ficción se les ocurren que puedan personificar las demás virtudes?», le pregunté a los chicos. ¡Y entonces comenzó la diversión! Les di un par de días para documentarse y luego lo debatimos en clase.

Para la sabiduría, el nombre que más repitieron fue Yoda. «¡No lo puedo creer! —les reprendí entre risas—. ¿En serio? Qué respuesta tan obvia.» Les dije que yo pensaba que el personaje más sabio, puestos a elegir entre los de *Star Wars*, era Luke Skywalker. Al principio no, claro. Pero cuando Luke aprende a controlar sus sentimientos y a entender los de los demás, se convierte en un Caballero Jedi tranquilo y sereno, lo bastante listo para enfrentarse al lado oscuro de la Fuerza. No se quedaron convencidos. Al parecer, para el público menor de cuarenta años, Luke tiene menos pegue que Yoda.

Para la justicia, recurrimos a *Las crónicas de Narnia*. Edmund, que acaba convirtiéndose en el rey Edmund el Justo tras reparar su error, fue elegido por unanimidad.

Para el valor, acudimos al mundo de los superhéroes. Se generó un encendido debate entre Superman y Batman. Alguien dijo que Superman era muy valiente, pero que era inmune a todo salvo a la kryptonita (¿y cuánta gente lleva kryptonita en el bolsillo?). Batman, sin embargo, era un tipo normal con un montón de artilugios y era muy valiente. La disputa no se resolvió, y quizá no llegue a resolverse nunca.

Aproveché esa rivalidad para sacar uno de mis ejemplos favoritos: Aquiles frente a Héctor. Era una manera divertida de presentar una antigua enemistad para aquellos que no habían oído hablar de ella. En pocas palabras, les conté que Aquiles era el más grande de los héroes griegos. Su madre era una diosa y, cuando Aquiles era un bebé, ella lo había sumergido en el río Estigia para hacerlo invencible... salvo su talón, que era por donde lo había sujetado. Es más, la armadura de Aquiles la había forjado un dios, con lo cual era aún más imposible derrotarlo. Y, por si fuera poco, Aquiles era el guerrero mejor entrenado de todos los tiempos: ¡al tipo le gustaba luchar! A Héctor, que era el campeón de los troyanos, no le gustaba luchar. Tampoco tenía a una diosa por madre, ni a un dios para que le forjara la armadura. De hecho, era un tipo normal al que se le daba especialmente bien el manejo de la espada y que luchó para defender su hogar cuando mil barcos griegos lo invadieron desde el mar.

Luego les conté la épica batalla que tuvo lugar entre Aquiles y Héctor. ¡Estaban emocionadísimos! ¿Quién dice que a los chicos ya no les interesan los clásicos?

La última virtud a debate era la templanza. ¿Qué personaje de un libro o una película personificaba mejor el arte del autocontrol? En este punto recurrimos al mundo de *Harry Potter*. Parece que Harry, aunque a veces le gusta saltarse las reglas, nunca abusa de sus poderes únicos en su propio beneficio. Como dijo un alumno, podría haber utilizado su capa de invisibilidad en un centenar de ocasiones para hacer cosas malas, pero no lo hizo, sino que usó sus poderes para el bien. Ésa es la gran lección que nos enseña Rowling.

Para mí fue una clase maravillosa, que además había surgido a raíz de un disfraz. Aunque puede que me desviara un poco del tema durante un día, creo que lo que aprendieron vale más que cualquier otra cosa que haya en el plan de estudios.

Los profesores necesitan libertad para enseñar, una libertad que no pueden tener si se limitan a enseñar cosas para que sus alumnos puedan aprobar los exámenes. Estoy seguro de que mis alumnos no encontrarán ni una sola pregunta sobre Héctor en los exámenes de los Estándares Estatales de Educación. También estoy seguro de que lo que han aprendido sobre la sabiduría, la justicia, el valor y la templanza es posible que lo recuerden toda su vida.

Señor Browne

DICIEMBRE

La fortuna sonríe a los audaces.

Virgilio

La dedicación
a un logro honesto
hace que ese logro
sea posible.

MARY BAKER EDDY

Es difícil deshacerse
de la bondad, porque
siempre acaba teniendo
efecto en ti.

Marcel Proust

Lo que haces
todos los días es
más importante
que lo que
haces de vez
en cuando.

Anónimo

Y la canción,

de principio a fin,

encontré de nuevo

en el corazón

de un amigo.

Henry Wadsworth Longfellow

La felicidad es un
perfume que no puedes
poner a los demás
sin que te salpiquen
unas gotas.

Anónimo

CUANDO
TODO
ESTÁ
A OSCURAS

SÉ TÚ QUIEN ENCIENDE LA LUZ.

JOSEPH

Pienso que
todo el mundo
siente placer
al hacer
el bien al
prójimo.

Thomas Jefferson

Me aprendido
que la vida es como
un libro. A veces
tenemos que acabar
un capítulo y empezar
el siguiente.

HANZ

Eres como un pájaro.
Abre las alas
y vuela sobre
las nubes.

MAIREAD

El sol no brilla sólo
para unos cuantos
árboles y flores,
sino para el disfrute
de todo el mundo.

Henry Ward Beecher

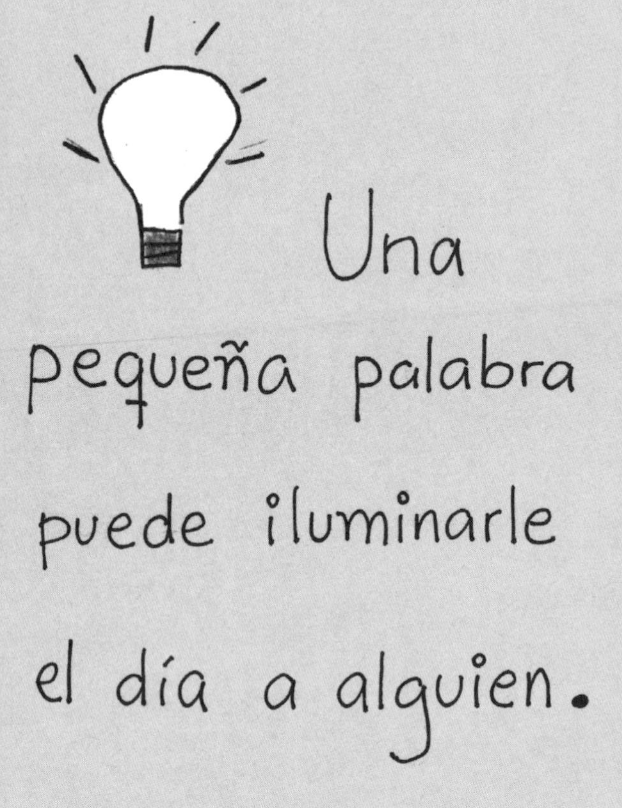

AINSLEY

¿Qué es un amigo?
Un alma que vive
en dos cuerpos.

Aristóteles

Para ser amado,
sé amable.

Ovidio

Dar placer a un solo
corazón con un solo acto
es mejor que mil cabezas
inclinándose en oración.

MAHATMA GANDHI

MISTERIOS

Diciembre. Se acaba el año. Comienza un nuevo año. Una oportunidad para recordar. Una oportunidad para mirar hacia adelante. Me ha alegrado mucho tener noticias de algunos de mis antiguos alumnos: Auggie, Summer, Charlotte y, por supuesto, la mayor sorpresa de todas: Julian. Bueno, hasta que recibí este breve y sucinto e-mail de Amos, uno de mis alumnos del año pasado. Este chico, por lo general muy callado, que apenas abría la boca en clase, nos sorprendió a todos cuando acudió al rescate de Auggie y Jack en el campamento y demostró una gran capacidad de liderazgo. A veces los chicos no saben que son unos líderes natos hasta que se ponen manos a la obra.

El e-mail que recibí respondía a un pequeño misterio (y sé que no era el único que estaba intrigado).

> Para: tbrowne@beecherschool.edu
> De: amosconti@wazoomail.com
> Asunto: Mi precepto... ¡por fin!
>
> Hola, señor B, espero que haya pasado unas buenas vacaciones. Siento mucho no haberle enviado una postal durante el verano. Estaba demasiado ocupado, ¿sabe? Pero ahí va: «No intentes ser cool. Siempre se nota, y eso no es cool».
>
> ¿Qué le parece? Genial, ¿eh? No voy a explicar lo que significa mi precepto porque es bastante evidente, ¿no? Seguro que sabe de quién estoy hablando, ¿eh? Je, je, je.
>
> No, en serio. El año pasado fue muy duro. ¡Todo muy dramático! A mí normalmente no me gustan los rollos dramáticos. Por eso estaba tan harto de la historia de Julian. Este año las cosas no son tan dramáticas, menos mal. Ya nadie molesta a Auggie. Bueno, un poco

sí, pero no mucho. Tenemos que asumir que la gente siempre va a quedarse mirándolo. Pero Auggie es un tipo duro y ya nadie se mete con él.

Verá, voy a contarle un secretillo. ¿Está listo? Ya sabe que Julian se metió en un buen lío por dejar notas desagradables en el casillero de Auggie, ¿no? Todos dicen que ésa es la razón por la que Julian no va a volver a este colegio. Hasta he oído a algunas personas decir que lo expulsaron por eso. En fin, el gran misterio es: ¿cómo se enteró el señor Traseronian de lo de las notas? Auggie no se lo contó. Jack tampoco. Summer tampoco. Julian tampoco. Miles tampoco. Y Henry tampoco. ¿Sabe por qué lo sé? Porque... redoble de tambores... ¡fui yo! Fui yo quien le contó al señor Traseronian lo de las notas. ¿Sorprendido?

Déjeme que se lo explique. Lo que pasó fue que Henry y Miles sabían que Julian estaba dejando aquellas notas desagradables. Me lo contaron, pero me hicieron jurar que no se lo diría a nadie. Pero, cuando me lo contaron, pensé que era una injusticia que Julian fuera tan desagradable con Auggie. Era acoso escolar. Y aunque les había jurado a Henry y a Miles que no diría nada, tenía que contárselo a Traseronian para que él pudiera proteger a Auggie. Yo soy de los que actúan... no de los que se quedan de brazos cruzados. Los pequeñines como Auggie necesitan a tipos como yo para defenderlos, ¿eh?

Ésa es la historia, señor B. ¡Pero no se la cuente a nadie! No quiero que me acusen de ser un chismoso. Aunque en realidad me da igual, sé que hice bien.

¡Abríguese, señor B! ¡Hace frío ahí afuera!

Sí, es posible que haga frío ahí afuera, pero esto me resultó de lo más reconfortante. Tengo que reconocer que no me lo esperaba, pero demuestra que todo el mundo tiene algo que contar. Y casi todo el mundo, y lo sé por experiencia, es un poco más noble de lo que cree.

Señor Browne

AGRADECIMIENTOS

En la elaboración de este libro ha participado mucha gente. En primer lugar me gustaría agradecer las increíbles aportaciones de los niños que enviaron sus preceptos, tanto si han sido incluidos en este libro como si no. Recibimos más de 1200 aportaciones de gente de todo el mundo. Los que aparecen en este libro son los que, en mi opinión, representaban mejor el espíritu de los preceptos del señor Browne. Al fin y al cabo, los preceptos no son sólo máximas o citas bonitas: son palabras para guiarte en la vida, para elevar el espíritu, para celebrar la bondad de la gente.

También me gustaría darle las gracias a Russell, mi marido, y a nuestros dos hijos, Caleb y Joseph, por ayudarme a revisar todas las colaboraciones, una por una, y por su sabiduría, perspicacia, apoyo y amor en todo. No podría hacer NADA sin ustedes, chicos.

Gracias a Alyssa Eisner Henkin, de Trident Media, por ser una colaboradora increíble a todos los niveles. Gracias a Erin Clarke, mi maravillosa editora, y a Nancy Hinkel, Lauren Donovan, Judith Haut, Barbara Marcus y el asombroso equipo de Random House. Muchas gracias a Janet Wygal, Diane João y Artie Bennett por hacer un trabajo impresionante revisando y ayudándome a localizar tantas de estas citas.

Gracias, como siempre, a los profesores y bibliotecarios que me inspiraron en mi niñez y que siguen inspirando a los niños día tras día. ¡Son lo más maravilloso del mundo!

HAN ENVIADO PRECEPTOS ORIGINALES, DIBUJOS Y ROTULACIÓN

ENERO

Proverbio chino enviado por Nathan, 13 años, Regina, Saskatchewan, Canadá.

Cita de Oscar Wilde enviada por Faith, Greensboro, Carolina del Norte.

FEBRERO

Precepto original de Madison, 11 años, Port Jefferson, Nueva York.

Precepto original de Rebecca, 10 años, Troy, Michigan.

Precepto original de Emily, 11 años, Port Jefferson Station, Nueva York.

Precepto original de Isabelle, 10 años, Washington, D.C.

Precepto original de Lindsay, 11 años, Troy, Michigan.

Precepto original de Jack, 11 años, Hudson, Massachusetts.

Precepto original de Shreya, 10 años, Troy, Michigan.

MARZO

Precepto original de Cate, 10 años, Nashville, Tennessee.

Cita de Ralph Waldo Emerson enviada por Linh, 13 años, Regina, Saskatchewan, Canadá.

Precepto original de Matthew, 11 años, Lanoka Harbor, New Jersey.

Precepto original de Thomas, St. George, Utah.

Precepto original de Dominic, Bennington, Vermont.

ABRIL

Precepto original de Antonio, 11 años, San Ramon, California.

Precepto original de Ella, Bay Village, Ohio.

Precepto original de Kyler, 10 años, Merrick, Nueva York.

Precepto original de Delaney, 10 años, Lanoka Harbor, Nueva Jersey.

Cita de Mahatma Gandhi enviada por Rosemary, 10 años, Nashville, Tennessee.

MAYO

Precepto original de Anna, 10 años, Glenview, Illinois.

Precepto original de Rory, 11 años, Chicago, Illinois.

Precepto original de Grace, 12 años, Croton-on-Hudson, Nueva York.

Precepto original de Dustin, Bennington, Vermont.

JUNIO

Precepto original de Madeline, 11 años, Quebec, Canadá.

Precepto original de Srishti, 10 años, Troy, Michigan.

JULIO

Precepto original de Josh, 10 años, Troy, Michigan.

Precepto original de Clare, 11 años, State College, Pennsylvania.

Precepto original de Emma, 11 años, Croton-on-Hudson, Nueva York.

Precepto original de Paco, 26 años, Brasil.

Precepto original de Caleb, 17 años, Brooklyn, Nueva York.

AGOSTO

Precepto original de Mae, 11 años, Marblehead, Massachusetts.

Precepto original de Matea, 12 años, Regina, Saskatchewan, Canadá.

Precepto original de Ava, 11 años, Blackstone, Massachusetts.

Precepto original de Gavin, 10 años, Wilmette, Illinois.

SEPTIEMBRE

Precepto de autor anónimo enviado por Samantha, 13 años, Regina, Saskatchewan, Canadá.

Precepto original de Alexis, 10 años, Quebec, Canadá.

Precepto original de Christina, El Paso, Texas.

OCTUBRE

Precepto original de Brody, 10 años, Forked River, Nueva Jersey.

Precepto original de Elizabeth, 9 años, Nashville, Tennessee.

Precepto original de Riley, 10 años, St. George, Utah.

Precepto original de Zöe, Greensboro, Carolina del Norte.

Proverbio enviado por Tayler, 10 años, Dresden, Ohio.

Precepto original de John,
10 años, West Windsor,
Nueva Jersey.

Precepto original de Daniel,
12 años, Munich, Alemania.

NOVIEMBRE

Precepto de autor anónimo
enviado por Nate, 10 años,
Brooklyn, Nueva York.

Precepto original de J. J.,
Scotch Plains, Nueva Jersey.

Precepto original de Clark,
12 años, Regina, Saskatchewan,
Canadá.

Precepto original de Nicolas,
10 años, State College,
Pennsylvania.

Precepto original de Hailey,
11 años, Chicago, Illinois.

DICIEMBRE

Precepto original de Joseph,
9 años, Brooklyn, Nueva York.

Precepto original de Hanz,
13 años, Regina, Saskatchewan,
Canadá.

Precepto original de Mairead,
11 años, Franklin, Massachusetts.

Precepto original de Ainsley,
10 años, Lakeview, Nueva York.

Dibujo de Joseph Gordon.

Dibujo de Ashley, 11 años,
Jackson Heights, Nueva York.

Dibujo de Ali, 11 años, Jackson
Heights, Nueva York.

Muchas gracias a Nikki
Martinez, Dani Martinez y
Joseph Gordon por su ayuda
con el resto de las ilustraciones.

NOTA SOBRE LAS FUENTES: Hemos hecho todo lo posible para asegurarnos de que las citas de este libro se atribuían a sus fuentes originales. No obstante, con el paso de los siglos las antiguas máximas han ido apareciendo de vez en cuando con palabras cambiadas o con traducciones diferentes. Para este libro, donde un dicho o cita famosa se suele atribuir a una persona en concreto sin controversia alguna, se usa la atribución más habitual, aunque no pueda comprobarse su fuente original. Cuando hay controversia en torno a una cita, se atribuye a una fuente desconocida.

365 días de Wonder. El libro de los preceptos del señor Browne
de R.J. Palacio
se terminó de imprimir en julio 2015 en
Drokerz Impresiones de México, S.A. de C.V.
Venado Nº 104, Col. Los Olivos, C.P. 13210,
México, D. F.

DISCARDED BY
FREEPORT
MEMORIAL LIBRARY